台灣好　「棒」！

秀霖 著

【作者自序】

二〇一〇年個人出版首部長篇小說《國球的眼淚》，算一算至今也已經過了十年。當時正好適逢台灣職棒面臨最黑暗及規模最大的簽賭醜聞，許多極大咖的人氣職棒明星球員因涉案其中黯然離開職棒舞台，也震驚及粉碎了所有棒球迷的心。即使到了現在，只要有人提起一些當初涉案人氣明星選手的名字，依舊還是會令眾人唏噓不已。

這本《國球的眼淚》便是在那樣的年代背景下出版問世，也因為這樣的巧合，許多讀者朋友跟著這本小說的主角們，一同再次歷經整個台灣職棒興衰與許多令人心痛之處。

當時看了讀者朋友對於《國球的眼淚》的心得分享，許多讀者因為小說中主角們的不平遭遇，心情感受異常沉重，甚至還有一些讀者朋友因而落淚。其中一篇閱後心得，因為當時分享在「無名小站」，可惜現在已因關站而搜尋不到，但這位讀者朋友的心得內容，卻讓我印象深刻至今難忘。

這位讀者朋友當時應屬於高中生的年紀，趁著學期結束後，直接一口氣看完這本小說，卻也因為小說主角們的遭遇，而從故事章節的八局開始一路哭到深夜凌晨。因為她從小就深愛棒球，也為一次又一次的假球事件痛心不已，一直想為台灣棒球實際做些什麼，卻遺憾自己是女生，不管再怎麼努力也不可能會有職棒舞台，還許下如果中樂透一定要買下一堆《國球的眼淚》分送給所有人的願望。

其實身為作者，同樣也是從小就長年觀看台灣棒球的廣大球迷之一，對於當時一再重覆出現的職棒假球事件也非常痛心，但看到讀者朋友這樣的心得分享，也感到相當心疼與不捨，於是更有了繼續創作另一本棒球小說的想法。

如果說《國球的眼淚》這本小說的主題是「絕望後仍要留存一絲希望」，因為看到這些讀者朋友們沉重的心得分享，更興起應該要為台灣棒球另外撰寫一部更為光明、更有活力的棒球小說。

也因此順著這樣的思緒，才有了《台灣好「棒」！》這本風格較為光明的純棒球小說，而且也採取一般運動題材作品最常見的高中作為舞台背景。儘管如此，因為時間軸設定在《國球的眼淚》十年後所發生的故事，仍有前作簽賭假球事件的陰影，但更想以故事中沒落的棒球強校「元台高中」，其努力重返榮耀的奮鬥過程作為主軸。不同於《國球的眼淚》，這本《台灣好「棒」！》的主題更像是「儘管出身及環境不如人，依舊還是努力不懈」，這不僅是故事中的元台高中，也是其他台灣運動的常見寫照。

經過十年的發展，台灣職棒走過當年的低潮，如今也總算出現球迷期盼已久的第五隊。今年全球在新冠肺炎疫情的肆虐下，台灣職棒則因為全民合作的防疫得宜，成為全球最先開打的職業棒球賽事。甚至其他國家的棒球迷，因為沒有直播賽事可看，實在無法隱忍，也轉而開始看起台灣職棒，更因此成為國際媒體的矚目焦點。

我想這些都是長年觀看台灣棒球的球迷，以往絕對意想不到的奇景，更遑論場場國內職棒比賽都還有英語直播，這真的是台灣棒球前所未見的一大邁進，也期待以後台灣棒球能持續在國際舞台發光發熱。

最後，依舊還是——

台灣棒球，加油！！

◎Play Ball?

秋日，和煦陽光的照耀下，沒有一絲涼風吹過，天空上的雲朵有如靜止的畫景裝飾，絲毫沒有一點位移。一個再平凡不過的下午，雲林斗六棒球場上傳來此起彼落的零星加油聲。

由於現場的加油觀眾，只有比賽雙方的球員與教練，讓偌大的球場顯得有些冷清。

「集中精神！不要鬆懈！」

元台高中棒球隊副隊長許仁哲大聲喊著，額上斗大汗滴不時落下。

「喔！」

喊出暫停後，元台高中內野球員全都聚集在投手丘周圍，並精神抖擻大聲呼喊。一群身穿元台高中特有紅藍白相間球衣的選手們，在加油打氣後，又各自重回自己的守備崗位。

球隊已經五年沒有進過會內賽，現在就只差那麼一場勝利，就可以如願打進高中棒球聯賽第一階段。副隊長仁哲回頭看向記分板，踢踢投手丘上的紅土，不禁嘆了一口氣。已經多久沒當過投手，這幾年一直擔任一壘手的他，也沒想過會有重回投手丘上的一天。接過學弟剛從休息區拿來替換的投手手套後，仁哲開始練投。

身高一百七十六公分的仁哲，身材並不算是非常搶眼，不過結實的體型和他那穩重的個性，以及那不管什麼時候都臨危不亂的堅毅眼神，讓他在隊上相當具有份量。只是這麼多年的投手空白期，大概也只能投出直球和打者對決，眼神少了許多擔任一壘手時的那股自信。

和前幾場比賽表現大相逕庭，昨天元台高中押上王牌投手與對手廝殺後，終於擊敗預設中最強勁敵中開高中，萬萬沒想到在決定進入會內賽的關鍵戰，就遇上了年年前兩名的南霸天南強高中，這個本來就預設不可能拼過的夢幻強敵。

元台高中的打擊群並不弱，但弱就弱在這幾年只能靠一名像樣的王牌投手獨撐場面，一旦王牌表現不理想或是負傷，元台高中就算打擊再強，也敵不過二線投手所失去的大量分數。再加上前年兩名本來要加入的新秀投手，受到其他學校挖角轉學，更讓原本還算高中聯賽會內賽常客的元台高中，戰力從此一蹶不振。

「棒球就是這樣，沒什麼好怕的！衝下去就對啦！」

元台高中休息區的教練對著場內球員放聲喊著，另一邊南強高中休息區的一些球員卻露出了尷尬的苦笑。

「對啊、對啊！學長加油！」元台高中休息區的林治茂神情激動，不斷敲著加油棒。

這個一年級新生林治茂，就是剛才替隊長替換投手手套的學弟，雖然一進元台高中就加入棒球隊，不過一直到前兩個星期才到球隊報到。一臉尚未脫離國中生的稚氣模樣，和將近一百八十公分的身高有些不稱，不過臉上時常掛著招牌笑容，就算是心情沮喪的人，看久了也會受其感染。

「林治茂——」教練盯著治茂好一會兒，才又開口說著。「我記得你是不是說過國中是投手？」

「嗯嗯——」治茂用力點頭回應。

教練翻翻選手名冊，隨口問著上一局剛從場上換下來的隊長：「林治茂當初有登錄在選手名單嗎？」

「教練，你別開玩笑，我們棒球隊才幾個人，目前招到的一年級新生也只有五人，當然全部都是參賽選手。」這名高三的隊長有氣無力說著。

「好，林治茂，去熱身吧！」教練往治茂的加油棒裡塞了一顆棒球。

「咦？」治茂一臉疑惑。

「你不想上場嗎？」教練輕皺眉頭問著。

「當然要、當然要！」治茂開心地叫了起來，說話的同時，早已做起手臂暖身運動。

治茂雙手做著手臂繞環，並望向前方。場上臨危受命的副隊長仁哲，仍以相當生硬的投球姿勢和捕手練投。

「終於輪到我上場了！」治茂雖然只是心中默想，卻難掩臉上的興奮表情。

一旁的幾名學長察覺治茂的得意神情，不覺露出苦笑。

練投完畢後，副隊長神情專注，先轉頭看看二、三壘上的跑者，緊接著準備投出第一球。

原本還在場邊熱身練投的治茂，也被場上沉重的氣氛奪走了專注力。

就在仁哲振臂高揮，奮力投出相當生硬的直球後，南強高中的打者，見到機不可失，輕輕鬆鬆一棒就把小白球撈個老遠。

「靠！連下屆隊長人選也壓不住了，真的沒投手了啦！」還在場邊和冶茂練投的捕手，見到冶茂專注於場上變化，自然也跟著看了起來。

「學長，我這不是在練投嗎——」冶茂揮揮手套，向捕手示意要再繼續投球。

「切！小鬼一個。蜀中無大將，廖化為先鋒——」不過捕手的喃喃抱怨，冶茂並沒有聽到，自顧自地繼續練投。

這一支深遠的二壘安打，讓南強高中原本壘上的兩名跑者，輕輕鬆鬆回壘得分，已經是這一局的第六分，再加上前一局失掉的九分，已經是十五比一，然而比賽也才不過進行到第二局。就算因為比數差距過大，想要提前結束，也得撐到第五局結束，但第一局就已經用掉四名投手，才會在這一局不得不派出一壘手副隊長來撐場面。

「噗！等一下他們捕手會不會喊暫停上來投球。」南強高中的休息區開始出現訕笑的話語。

「屁啦，你看那邊還有一個投手在熱身！」

「呵呵，架式不錯，搞不好是真正的王牌！」

眾人你看我、我看你，想也知道不可能，隨即相視而笑。

副隊長仁哲在投手丘上汗流滿面，雖然後來靠著隊友的守備美技，終於解決一個人次，不過在兩人出局後，又接連被擊出三支安打，最後又是一支清盤全壘打，讓比數愈拉愈大，有種永遠都不會結束的感覺。

「暫停！暫停！」教練終於看不下去了，向裁判喊了暫停。「林冶茂不要再練啦，你快給我上來了！」

儘管教練口氣相當不耐，冶茂還是興沖沖跑進球場。

仁哲氣喘吁吁，面無表情將球交給冶茂後，低頭轉身準備下場。

「喂，副隊長，誰准你下場，回去守一壘吧，你好歹也是下一屆隊長人選耶！」教練一把將副隊長拉了回來。

聽到指示後，仁哲也只能默默走向一壘，和原本的一壘手交替。

「林冶茂——」教練上下打量了冶茂一番。「我沒看過你投球，老實說我不期待，你只要能解決一個人次就夠了，讓這局趕快結束好不好？你成功的話，我晚上請你吃飯，快看不下去了——」

「教練，對我期待那麼低喔，就讓我投完這場比賽吧！」冶茂還是那副天真的笑容。

教練只是冷哼一聲，便別過頭去，並慢慢走回休息區。

——真是個不知好歹的傢伙，教練還未坐定，就開始繼續盤算該怎麼結束這場比賽。

練投幾球後，冶茂朝天空望了過去。溫暖的陽光，灑落在身上，感覺相當舒適，看著天空上不動的浮雲，冶茂卻還是難掩心情上的悸動。

一改平時的嬉皮笑臉，冶茂神情專注盯著本壘方向。南強高中幾乎全換上二線球員，僅剩下幾名一線選手，沒意外的話，大概這局打完也會全數換下。練投結束後，輪到下一名南強高中的不動四棒，這名強棒帶有輕蔑的意味，僅僅和裁判敷衍地打聲招呼，便一臉不耐站上打擊區，還稍微將球棒指向了外野方向。雖然只有那短短幾秒，但任誰也看得出來這是挑釁動作，或許這名強打對於這種結束不了的比賽，也覺得是種折磨，希望能趕快獲得解脫。

冶茂壓低帽緣，凝視捕手所打出的暗號。強打者還是不斷搖晃他的球棒，一副相當不屑的模樣。

捕手繼續打著暗號，冶茂也不知道該點頭，還是搖頭，因為他根本就看不懂暗號。

搖了幾次頭後，冶茂實在不好意思繼續僵持下去，也只能勉強點點頭，雖然他依舊不知道捕手要的是什麼。

總算等到投手點頭回應，捕手才將手套擺出接球位置，這是一記近身內角的配球。冶茂深深吸了一口氣，緩緩高舉上臂，同時將左腳抬起，準備使出全身的力量。就在冶茂奮力出手的那一瞬間，在休息區的選手們，無論是元台高中還是南強高中，所有人都驚訝地站了起來，並露出了無法置信的眼神。

原本還低頭盤算後援人選的元台高中教練，偶一抬頭，看到這種情況，更是雙眼睜得奇大，無法相信這驚人的一幕。

見到這驚人的結果，主審脫掉面罩激動大喊，一陣暈眩讓冶茂聽不清楚主審的喊聲，只隱約見到主審說話的嘴型，無法理解為何主審要高喊一開賽時所喊的Play Ball？

◎第一棒：開什麼玩笑，為什麼是我？

「老大，等等我啊！」

勉強跟在治茂身後慢跑的一年級學弟陳緯輝，使盡剩餘的氣力，努力跟上治茂的腳步。

過了將近一個學年，治茂已升上二年級，雖然還不是元台棒球隊以高三為主的主力球員，卻也逐漸成為高二選手中備受矚目的一員。

「阿輝伯！以你這種體力還想打棒球嗎？」治茂回頭冷冷說著。

「老大，什麼阿輝伯啊——」緯輝提出抗議，並加快腳步。「我是你學弟耶，怎麼老把我當叔叔伯伯輩的！好歹我也是非常崇拜老大，才努力進來元台高中的——」

「教你別再叫我老大啦，我又不混黑道——」治茂看著自己學弟緯輝的狼狽模樣，不覺露出了苦笑。

回想與緯輝的關係，也算是一段數不清的孽緣。陳緯輝只有一百七十公分出頭，並不算很高。皮膚黝黑，雙眼更是奇小無比，從國中開始，就一直留著顯眼的平頭。國中以前的緯輝，並未接觸任何棒球，是治茂一把將這個小一屆的學弟拉進棒球世界的。

放學後的元台高中，各項社團活動熱鬧非凡，操場上人來人往，許多校隊團練的呼喊聲，更是響徹雲霄。夕陽斜照，讓元台高中操場邊的棒球場內光影交錯。不過，今天棒球隊並沒有練習活動，這是冶茂他們進行的自主訓練。

「喂！不要靠我那麼近，很熱、很噁心耶！」冶茂完成慢跑訓練，將隨後趕上的緯輝一把推開。

「呼，老大，今天就練到這裡吧——」緯輝張大嘴巴急促呼吸。

「哈哈，阿輝伯就是阿輝伯，這樣就不行了。」冶茂邊說邊作起收操動作。

「對了，老大，我昨天在圖書館找到去年高中聯賽的舊報紙。」緯輝從口袋拿出報紙影本，已被汗水滲透得有些濕黏。

冶茂面露嫌惡，用指尖小心攤開，避免沾到緯輝的噁心汗水。

報紙影本上標題大大寫著：元台高中一年級奇葩投手，「秒殺」南強高中四棒選手。

不用看內容，冶茂大概也知道這則新聞在寫些什麼。

「神經病，這種舊事有什麼好提的！」冶茂面露無奈，隨即將影本揉成一團。「還是丟了吧！」

「喂喂，老大，這可是超厲害的光榮戰績，我看得崇拜不已，有幾個人可以辦到，快還給我啦，讓我好好膜拜！」眼看冶茂作勢就要丟棄這份報導，緯輝趕緊向前搶了過去。

突然，一個神情嚴肅、不苟言笑的身影，從兩人面前走過，讓他們中止了嬉鬧。留著一絲不苟的中分髮型，超過一百八十公分的魁梧體型，在棒球隊上總是眼神冷酷、沉默寡言，那人便是以高二身分位居隊上王牌投手的洪奇興，也是在原副隊長許仁哲升上隊長後的繼任者。一股沉重的氣壓強襲而來，也讓冶茂兩人歛起面孔。

「嗨！副隊長！」

冶茂熱情地打了招呼，不過奇興雖然瞥見，還是裝作沒有看到。身著體育服裝的奇興，作起暖身運動，看來待會兒也要進行體能訓練。

「老大，他該不會還在記仇吧？」緯輝刻意壓低聲音，在冶茂耳邊說著。「今年春季聯賽決定進入會內賽的關鍵戰，他的勝投不就是被老大砸鍋的。」

確實，今年春天那場關鍵戰，冶茂至今仍舊記憶猶新。押上王牌投手洪奇興的背水一戰，元台高中勢在必得，眼看睽違六年，陣容總算比較完整，終於又要重回會內賽。領先了七局，在王牌的壓制下，元台高中完全沒有失掉任何分數，想不到八局的一個投手強襲球，將奇興打下場，換上後援的二號投手冶茂，竟然在九局下和隊友一同出現荒腔走板演出，一口氣失掉四分，還被對手毫不留情再見比賽。

「咦——」冶茂歪頭想著。「應該也不是這麼說吧，那個奇興的個性本來就是這樣吧？」

其實冶茂也不是很確定，原本就對自己相當冷淡的奇興，自從春季聯賽提前結束後，感覺懷有更深的敵意。

「唉，老大算了啦，我看是他深怕王牌投手地位被你超越的那天，真的愈來愈近了，教練不都一直說老大進步空間很大！」緯輝只是看了一眼正在暖身的奇興，隨後推著冶茂，催促一同離去。

「進步空間很大——」治茂一臉疑惑。「這不就代表跟奇興實力相差很遠嗎？」

不過治茂這段喃喃自語，緯輝並沒有聽見。或許因為奇興對待治茂的冷淡態度，讓緯輝也不是很喜歡這名學長，只想趕快離去。

「啊！阿輝伯——」治茂離開校園後，準備跨上腳踏車時，突然大叫一聲。「我今天還有事，晚一點再跟你去休憩小站碰頭。」

「什麼事啊？」緯輝顯得有些好奇。

「這個——」治茂欲言又止。「反正，你先去吧！」

緯輝完全摸不著頭緒，或該說這名學長有時就是這樣神祕兮兮，一直以來都隱藏著許多祕密。

「等等，這袋運動流汗的換洗衣物，就拜託伯母了！」原本就要離去的治茂，轉身將今天因為運動流汗的換洗衣物交給緯輝。

「是、是、是，老大，我幫你做了這麼多保密的事，還不對我好一點！」

治茂沒再回應，只是擺出傻笑，緯輝見狀後也只能一如往常接下換洗衣物，並目送治茂騎車的身影逐漸遠離。

位於中部的學生棒球協會青棒國際賽事組辦公室中，出現了一位西裝筆挺、體型魁梧，年約四十多歲的神祕中年男子。即使身處室內，依舊戴著淺色墨鏡，方正的臉型，外加上他嘴邊那一圈刻意蓄留的鬍鬚，讓旁人實在難以摸清他的喜怒。

「請問您是？」國際賽事組辦公室的員工發現這名中年男子，因而特別詢問來意。

這名中年男子不發一語，只是拿出了一紙聘書。

「啊，失敬，失敬，原來是李總教練！」

職員看到聘書上「李謙山」的名字，這才發現這名嚴肅的中年男子，就是近十年竄起的紅牌學生棒球教練。以少棒隊開始帶起的李謙山教練，傳聞年少時代也是一名幾近天才型的出色棒球選手，不過最後並沒有加入職棒。由於年代久遠，知道真正原因的人也愈來愈少，更為他的棒球背景增添了不少神祕色彩。這幾年歷經少棒、青少棒與青棒教練，屢屢為球隊帶出佳績，奇特的領導作風，雖然不免惹來許多爭議，但這幾年國內一直引以為傲的青棒國際賽事，成績並沒有以往來得那麼耀眼，因此學生棒球協會為了下一屆的國際青棒賽，特別聘請了這一位作風神祕的學生棒球教練。

「李總，請問有什麼我們可以幫忙的嗎？」另一名職員殷切問著。

一直讓人難以接近的李總，沉默了好一會兒，總算再次開口：「我想要這兩年高中棒球聯賽的所有錄影，春季和秋季的都要，每一場比賽都要。」

「喔，李總，我們已經準備好了——」一名女職員微抬右手引導。「這邊請，在視聽教室內都已經準備好了。」

進入視聽教室後，李總朝著職員指示方向看去，是一櫃排列整齊的光碟片。李總上前仔細檢視櫃中每一片比賽錄影光碟，但不管怎麼翻閱，光碟封面的黑字，都只有高中聯賽前八強的所有賽事。

「不好意思——」李總輕皺眉頭說著。「我剛剛是說要所有比賽的錄影，包括會外賽的場次，不是只有最後八強的比賽。」

「呃，正規比賽的錄影就只有八強的——」女職員顯得有些慌張。「剩下的部分我們可能要去跟每間學校要看，他們可能會有自己學校的比賽錄影。不過還是有一些會外賽的和第一階段比賽的相關報導和書面資料，如果李總認為國家代表隊集訓選手也要從這些學校挑選的話，可以作為參考。」

這些職員不是很能理解李總的詭異思緒，以往代表隊的集訓選手都是從高中前四強優秀選手中挑出，了不起就前八強的選手，這個李總竟然連會外賽的資料也要過目，真是令人難以捉摸。

經過一番努力，這些職員們忙進忙出，總算搜集了一些先前會外賽的文書資料。

「喔——」李總隨意翻閱大會秩序冊，並喃喃說著。「元台高中的教練竟然是吳俊龍，有趣，有趣！」

元台高中的教練吳俊龍，是李總十年前開始帶起的少棒選手。

李總開始對元台高中產生濃厚興趣，繼續翻閱這間學校的相關資料。一篇去年秋季高中聯賽的新聞報導，深深吸引了李總的目光，那驚人的標題便是：元台高中一年級奇葩投手，「秒殺」南強高中四棒選手。

「林冶茂，這更有趣！」李總露出了鮮有的笑容。

推開成堆的文書資料，李總閉上雙眼。這十多年來已經見過數百名選手，有的受傷、殘廢，無法繼續打球，有的在職棒界大放光彩，當然也不乏沉溺於職棒簽賭假球案，或是私德出現問題而自毀前程的不肖選手。

李總繼續思索，如果認為砂礫中挑不出珍珠，那就大錯特錯。若依照以往甄選國手方式，永遠都只從前幾強挑出人選，從國小、國中到高中的出色球員，再怎麼樣都是那幾人，並不能對選手產生新的刺激環境，這也是為何李總向來不喜歡遵循以往的帶隊模式。

拿下淺色墨鏡，李總稍微小歇了一會兒，便起身拿起視聽教室內的電話撥打內線說著：「先生，請務必幫我弄到去年秋季聯賽元台高中的比賽錄影，還有中開高中也盡可能找找看，我想這幾間學校還是有一些值得注意的選手。」

掛斷電話後，李總戴上眼鏡，重回座位後再次陷入沉思。

「老大，你還可真慢啊，前天已經爽約，今天還想要我嗎？」

緯輝已在飲料店休憩小站等候多時，終於看到治茂的身影，忍不住開始大肆抱怨，不過治茂卻只是充耳不聞，一臉悠哉停放腳踏車。

前天練完慢跑後，原本和緯輝約好在休憩小站碰頭的治茂，最後失約了。今天在球隊團練結束後，治茂和緯輝一同前往這個老地方，不過今天卻有非來不可的理由，讓治茂也不敢隨意爽約。

休憩小站是一間位於元台高中附近的冰品飲料專賣店。在六坪左右的小空間，除了對外販賣的櫃檯外，店內還有幾張提供客人使用的簡便桌椅。這間位於大馬路邊的冷飲店，絕大部分客源都是以元台高中學生為主，也因此在放學的尖峰時段過後，店內反而呈現相對冷清的場面。

「巧歆，拜託了！」治茂一進店內，就對著身穿元台高中淺藍色制服的女店員雙手合十，作出求救的動作。

「哼，早算好你今天一定會來報到的，已經準備好了。」這名女高中生將一本本數學作業簿，從店內最深處的桌上拿了過來。「你可別全部都抄，要是老師發現你課業突飛猛進，不害死我才怪！」

治茂接過作業簿，封面上寫著「徐巧歆」的名字，翻開寫上文字的最後幾頁，密密麻麻的數學公式，對治茂來說，簡直就是火星文字，這些就是今天必須完成的數學作業。

巧歆一跛一跛走回飲料台，默默作起兩杯冷飲。這名女高中生徐巧歆是治茂的同班同學，身材嬌小，面容清秀，尤其是那雙動人的眼眸，更是令人印象深刻。留著一頭平順的長髮，和她那副無框眼鏡相襯下，更顯氣質出眾。不過由於兒時的痼疾，導致左腿有些萎縮，讓巧歆先天不良於行，領有輕度身障手冊。

「老大，我實在不懂——」緯輝疑惑地問著。「為什麼不像我一樣，跟家裡表明要朝體育發展和打棒球的決心，這樣在課業上也比較不會被要求啊！也不用這樣一直偷偷摸摸——」

「阿輝伯——」治茂露出苦笑，眼神一下又變得相當暗沉，這種似笑非笑的表情，確實有些複雜。「並不是所有人都很喜歡棒球這種東西，能得到家人支持當然很好，但不是每個人都可以那麼幸運——」

治茂隨意瞥了一下桌邊的報紙，社會版又再次回顧多年前職棒放水假球的負面新聞。或許對治茂他們來說，也已經不算是什麼重大新聞。從職棒開打以來，已發生過多少次放水假球事件，更有球隊因為這樣的牽連，遭受解散的命運，想不到幾年前又再爆發史上最大規模的假球事件，許多隊伍的看板明星球員更是名列涉案名單，讓原本就已經十分低迷的職棒，陷入一片愁雲慘霧，更讓這些年輕的後繼者，不敢、也不願想像未來的棒球路該怎麼走。

「老大，你這樣一直隱瞞也不是辦法——」緯輝揮舞雙手說著。「都已經打進校隊了，好歹元台高中以前也是棒球名校，這是很光榮的一件事啊！」

治茂微微歪頭思索著，也不是要故意隱瞞家人，從小就沒有父親的治茂，在母親一手扶持下成長。國小時，棒球在國際賽的影響下，還算有些人氣，治茂也開始和同學們玩起棒球。只是在母親發現後，治茂竟被嚴厲斥責，並要求以後不准再碰觸任何和棒球相關的事物。就連偶爾在電視上不小心轉到職棒轉播，也會被母親迅速轉台，小小年紀的治茂，實在不是很了解母親的用意。

儘管如此，母親的禁令還是抵擋不住治茂對於棒球的熱愛，或許也是這樣的阻力，更加深了治茂打好棒球的決心。國中在學弟緯輝的合力隱瞞下，忙於工作的母親，從來不曾參加過家長會，當然也不知道治茂國中時期，已打了整整三年的棒球。雖然國中的球隊，稱不上正規棒球校隊，卻也讓治茂奠定了大部分的棒球基礎。

繼續看著報紙上那些聳動的標題，或許母親當初禁止治茂接觸棒球的原因，就是因為早已看出這條路根本看不見未來。

「什麼，阿茂，你媽媽還沒發現你在打棒球喔？」

一名中年婦人從休憩小站內部房門走了出來，正是巧歆的母親。與巧歆外貌神似，同樣擁有清秀的面容，不過無情的歲月，還是在她臉上留下了些許刻痕。

「阿姨，沒辦法啊——」治茂顯得有些無奈。「我媽是永遠不會接受的，即使我棒球打得再好，還是沒用吧？」

「阿茂，怎麼這麼說呢——」徐媽媽苦口婆心勸著。「你要好好跟你媽媽談談看啊，總不可能哪天你打進職棒，或是入選國手，還用這種方式隱瞞吧——」

「哈哈，職棒跟國手我可沒想過——」冶茂尷尬笑著。

一旁的緯輝聽見後，反倒是神情認真辯駁著：「哪有，老大，我很看好你會跟我一起打進職棒的！」

「啥米？你是看好我，還是看好你自己——」冶茂覺得緯輝的回答，真令人有些哭笑不得。

徐媽媽輕輕搖頭，並反問著：。「這不是重點，阿茂，如果你真的要繼續棒球這條路，你瞞得了一輩子嗎？」

「可是——」冶茂欲言又止，停頓了好一會兒，才又開口說著。「唉，我覺得就還是照我媽媽的意思吧，我也不想讓我媽媽擔心，又沒辦法輕易放棄熱愛的棒球，才會一直這樣隱瞞——」

「哎喲——」徐媽媽雙眼微睁說著。「打棒球又不是什麼見不得人的壞事，你看看當初我也沒有很喜歡棒球，甚至因為這幾年職棒一直傳出負面新聞，我也不是很贊成巧歆那麼迷棒球。要不是巧歆那頑固的小孩，一直吵著要看棒球，甚至我們還為此發生過無數次爭吵，直到我自己被迫接觸後，才發現棒球也不是那麼糟糕，現在我還不是屈服了。」

徐媽媽指著店內牆上的一張張海報繼續說著：「這些牆上的海報不就是我妥協的最佳證明。」

冶茂看著牆上的海報，有幾張更是當今火紅的職棒明星。雖然各隊球員海報都有，但冶茂卻很清楚巧歆喜歡的是哪一支隊伍。一年前本來還有幾張極具人氣的球星，不過由於涉入放水假球案，巧歆已經氣得全數撕毀，並將碎屑焚燒殆盡，可見巧歆真的非常氣憤。

「阿茂，下次有空我再好好開導你——」徐媽媽拿起放置在角落的大型購物袋，接著又拿起安全帽和機車鎖匙準備外出。「我有事要先離開了，小歆，店就先給妳顧一下了。」

「媽，當然沒問題，路上小心吧——」巧歆答話的同時，已經手拿兩杯冷飲往治茂那桌走去。「喂，真的不照我媽的建議做做看嗎？我看你這樣自己辛苦就算了，還要連累我一起騙林媽媽——」

「哎呀，別這麼說——」治茂裝模作樣說著。「我可是休憩小站的常客，對這間店也是小有貢獻啊！」

「那你現在喝的這杯飲料有付錢嗎！」巧歆輕皺眉頭，伸手向治茂討錢。

「哎呀，這不是徐媽媽的愛心嗎？」治茂刻意裝傻。

「可惡！真愛狡辯！」巧歆瞪大雙眼。「我可是因為喜歡棒球，不想眼睜睜看你夢想破滅，才昧著良心這樣欺騙林媽媽——」

「學姐對老大還可真好——」緯輝看著兩人又開始例行鬥嘴，也想參與而插了一句。「話說學姊到底是騙了林媽媽什麼事？像我從國中開始就負責幫老大把髒汙的棒球衣物帶回家清洗，還有保管老大所有的棒球用具，所以老大家中不曾出現過棒球相關的東西，才得以順利隱瞞。」

「什麼——」巧歆一臉詫異質疑著。「林治茂，你怎麼那麼不要臉，不會自己在學校洗喔！阿輝伯，不要對這死林治茂那麼好，讓他自己洗吧！」

緯輝揮手提出抗議說著：「學姐，叫我阿輝啦，不要跟老大一樣亂改成阿輝『伯』，我年紀比你們都還小耶，這樣很奇怪。」

巧歆直接略過了緯輝的申訴，繼續開口說著：「還不就那個死林冶茂，竟要我騙他媽媽，說他跟我一樣都參加文學社。這種樣子哪裡會像文學社的社員，一點文學氣質也沒有，好幾次國文作文還是我幫這死林冶茂寫的，還要刻意寫得文句不通，真的比正常文章還難寫！」

「哇塞——」緯輝瞪大雙眼難以置信。「學姐真的已經完全超越經紀人，根本就是老大的保母了，什麼業務都包，看來我的只是小case——」

「對啊、對啊——」巧歆雙手插腰說著。「真的愈想愈誇張，幹嘛對這個死林冶茂那麼好！阿輝伯，我們從此以後不要理他好了，讓他自己去欺騙林媽媽吧！」

「哎呀，巧歆幹嘛這樣——」冶茂顯得相當慌張，拚命揮舞雙手說著。「大家都是好朋友嘛，要是我哪天真的入選國手，還是加入職棒大放異彩，我一定不會忘記你們的大恩大德！」

「是、是、是——」巧歆以極為挖苦的口吻說著。「我很看好也很期待你會在職棒界成名，但在那之前要不要先練好你的控球——」

緯輝為了替學長冶茂緩頰，拿出了那份已經快要被揉爛的新聞影本說著：。「好啦，別說這個，學姐妳看看我昨天在圖書館的舊報紙找到這個新聞。」

看到學弟緯輝的救援行動，冶茂反而沒像之前那樣一手搶過，只是任由巧歆隨意翻閱。

「哈哈！這件事我怎麼可能不知道——」巧歆才瞥見標題，就忍不住笑了出來。「我說，如果我沒看走眼，林治茂搞不好真的是棒球界的奇葩耶！」

就在治茂還在思索該如何回答之時，放在書包中的手機突然發出聲響。

治茂拿出手機後，看到來電通知顯得有些驚訝，手機螢幕上面寫著當初自己輸入的「吳俊龍教練」五個字。治茂腦海中浮現了那個身材壯碩、個性爽直的體育老師，同時也兼任他們棒球隊的指導教練。

「喂，吳教練晚安啊——」治茂接起電話，隨即起身走出冷飲店。

被這通突如其來的電話打斷交談，巧歆也暫時離席，一跛一跛走回冷飲櫃整理器具，而緯輝繼續翻著那份已經看過不下數十次的報紙影本。

幾分鐘過去，治茂結束電話交談，並重回冷飲店座位，不過呼吸顯得相當急促，神情也有些怪異。

緯輝見狀後，只是好奇問著：「老大，你怎麼了？教練說了什麼恐怖的事嗎？」

治茂歪斜著頭，不知道該如何啟齒。

這麼晚還接到教練的電話，確實有些怪異，也讓巧歆很想知道事情始末，特地從冷飲櫃湊了過來。

「呃——」治茂見到巧歆也過來關切，只好遲疑地說著。「事情有些突然，也不知道是不是真的。最近學生棒球協會的總教練在甄選青棒國手，我們學校竟然有人入選——」

「喔！這下那個冷酷無情的副隊長洪奇興不就更目中無人——」緯輝似乎不感意外，只是冷冷說著。「不過老實說他真的有一套，不但球種多，控球也穩，高中聯賽表現一直很出色，也難怪——」

「唉，話也不能這麼說——」治茂臉上還是掛著相當複雜的表情。

巧歆覺得事情並非如此，因此開口說著：「那到底是怎樣，就算是奇興入選，教練也沒必要特別通知你吧？是怕你傷心難過，特別先通知你，好給你有個心理準備嗎？不過就算是奇興入選也算正常，林冶茂你該不會真的會為此難過吧？好歹奇興才是我們元台高中的第一王牌投手！」

「呃——」治茂皺眉苦思。「所以我才請吳教練打電話再去確認一次！」

「難道說——」

巧歆還沒問完，治茂的手機又再次響起。

「喂，吳教練——」治茂神情顯得相當認真。「教練確認的結果如何？」

緯輝與巧歆一同湊近治茂身旁，仔細聆聽電話那頭的解答。

「耶，什麼——」治茂瞪大雙眼嚷著。「教練，開什麼玩笑，為什麼是我？」

◎第二棒：我有那麼差嗎？

「喔，還可真厲害，恭喜你啊！」

「治茂學長，你好強啊！」

「元台之光！」

面對這樣的恭賀，治茂總是如此回答：「沒有啦，我也想不透，覺得很奇怪——」

這些恭賀的話語，治茂今天已經聽了不下數次，每當不知道該如何回應時，治茂也只是回以淺淺的尷尬笑容。

夕陽西下，斜映在元台高中棒球場內的圍牆欄杆影子，使內野呈現光影交錯的情景。老舊斑駁的球場鐵網，已經出現為數不少的球形破孔，年久失修再加上飛球的衝擊，讓許多生鏽較為嚴重的脆弱部位，再也禁不住速球的摧殘，四處留下了許多傷痕，也使元台高中棒球場外，成為人人避之唯恐不及的危險地段。

治茂入選青棒代表選手的新聞，不知道是誰走漏消息，在吳教練尚未宣布前，一下就在球隊內傳開。一開始治茂還會裝傻否認，直到愈來愈多人前來祝賀，治茂也只能傻笑回應間接承認。

「老大，你真的紅了啦！」緯輝小聲地說著，並在治茂身旁一同作著暖身運動。

「神經病，我到現在都還不敢相信，到底是怎麼一回事，搞不好真的是學生棒球協會那邊弄錯了！」

雖然對治茂來說，受到徵召是個無比的榮耀與肯定，不過在拿到正式書面通知前，還是會擔心是否僅為作業上的疏失，畢竟隊上還有一號比治茂更該入選國家隊的王牌投手洪奇興。

「老大，怎麼可能，那晚吳教練不都特別打電話通知這個好消息，怎麼可能會弄錯——」緯輝指向另一邊也正在進行暖身的副隊長洪奇興。「而且你看那個副隊長，一臉『屎』樣，絕對是對老大的入選嫉妒不已！」

朝著緯輝所指的方向望去，平常一臉嚴肅的奇興，今天看起來表情更為沉重，並不時以兇惡的眼神看著治茂，但治茂認為也可能是自己多心了。

除了奇興之外，在他身旁一同暖身的那幾名高三學長，似乎也有些怪異，不似平時那般對學弟們頤指氣使，今天從進入球場後就顯得有些安靜。不過身為副隊長的奇興，本來就常與高三學長們混在一起練習，和治茂這半邊高一、高二球員為主的二線球員總是較為疏遠，因此學長們向來就對治茂的事情漠不關心，所以可能還不知道治茂入選的消息。

——不過治茂還是想到了另一種可能性。

「喂！阿輝伯——」治茂輕皺眉頭，一把拉住還在熱身的緯輝。「入選的事，我怎麼想都是你走漏消息的，當天在場只有你、我和巧歆三人，總不可能是巧歆說的吧！」

「哎呀，老、老大，你怎麼這麼說——」緯輝停頓了一下。「這是一件很光榮的事啊！老大平常應該也看不慣那些高三學長對待我們的高壓態度吧！給他們下下馬威，挫挫銳氣沒什麼不好啊，你看他們那邊今天真是一片死寂！」

「靠，果然是你！想害死我嗎！」

治茂握拳作勢想要打人，緯輝見情況不對，早就閃得遠遠。一想到隊上有些學長從以前就對自己不是很友善，治茂對於緯輝這種高調的宣傳活動，總覺得非常不妥。

「動——作——停！」

球場的入口處，傳來了高亢的指令，而聲音的源頭，正是元台高中棒球隊的教練吳俊龍。

二十三歲的吳俊龍，體型魁梧，有著明顯的原住民外型，除了輪廓相當深邃外，雙眼更是炯炯有神，一年前才剛從體院畢業，隨即進入元台高中擔任體育教職。平時教導各項體育課程，由於過去身為棒球選手，也讓他理所當然成為元台高中棒球隊教練。

「嗶——嗶——」見到有些人還沒停下暖身動作，吳教練用力吹起哨子。「集合！先請各位停下手邊動作，我有事情要宣布！」

不到三十秒，所有球員全都小跑步在吳教練面前集合完畢。

「咳——」吳教練清了清喉嚨。「我想宣布的事情很簡單，就是針對明年的青棒國際賽，學生棒球協會已經開始挑選集訓選手，而我們學校很榮幸有一位選手獲選——」

吳教練瞄了治茂一眼，才繼續說著：「那就是高二隊員林治茂，大家鼓掌恭喜一下！」

高一、高二隊員這邊早已響起熱烈掌聲，但在高三隊員那邊卻只有些起彼落的零星鼓掌。

一位高三學長終於忍不住舉手發問：「那副隊長奇興學弟怎麼沒有入選？這樣不是很奇怪嗎？連治茂都能入選的話，奇興不是更有資格參加？」

這位發問的高三學長叫做何明原，是隊上的主力捕手，雖然身材矮胖，不過下盤穩健，也是隊上本壘大關的重要悍將。國中時期與奇興就是投捕搭檔，外傳以奇興優異的表現，許多棒球名校都敞開雙臂歡迎，就是因為明原學長的關係，奇興才會選擇就讀元台高中，因此明原會如此打抱不平，也不是那麼令人感到意外。

吳教練點點頭：「何明原，我知道你跟洪奇興從國中就開始一起練球，也很了解他的狀況。不過國家代表隊的選手選拔有各種考量，總教練會選擇林治茂，一定有他的想法，況且這只是初選，也不代表是最後的結果。」

聽完吳教練的說明後，明原雖然看起來還是無法接受，卻也無能為力，畢竟這個國家代表隊的甄選，也不是吳教練所能決定。

「大家不要忘記我們元台高中以前也曾經是棒球名校，現在有國家代表隊選手出現，也是一個復興的好現象，下次的高中聯賽我們一定能打進會內賽。下星期治茂就要去台中參加為期兩週的集訓，大家好好祝福他能有好的表現。好了，我想說的事情就是這樣，那就此原地解散自我活動，二十分鐘後高一、高二隊員再進行揮棒練習！」

見到隊上氣氛有些凝重，吳教練趕緊草草結束所要宣布的事項。回想過去元台高中在棒球聯賽曾有打進前十六強的輝煌紀錄，比照現在連會內賽都打不進去的窘狀，讓吳教練不禁有些感嘆。

「林冶茂，你過來一下——」吳教練一把拉住正要離開的冶茂。

「咦，教練有什麼事嗎？」

「嗯——」吳教練輕皺眉頭。「我也是前幾天晚上才接到這次國家代表隊李謙山總教練的電話，要我把你和洪奇興的資料傳送過去，不過後來接到決定選你的通知，老實說我也有些驚訝。」

雖然冶茂臉上還是笑笑的，但聽到連教練都這樣說了，心裡不免還是有些難過。

察覺到冶茂表情上的細微變化，吳教練繼續開口解釋：「也不是教練我認為你不行，以身為投手來說，你的動作協調性真的很好，才能投出那麼快的球速，不過還是有一些可以進步的空間。以國中才開始練球來說，已經算是非常傑出，但心理素質和比賽經驗都還有待加強。而那個李謙山教練和我算是舊識，應該說我以前學生時代就給他帶過，他的作風比較讓我擔心——」

「教練，什麼意思？」冶茂聽得不是很懂。

「因為——」吳教練若有所思，但還是把原先想說的話吞了回去，停頓了好一會兒，才又繼續說著。「算了，林冶茂，好好加油吧！沒事了，今天開始你就跟那些高三主力選手一起練球吧——」

看到教練似乎對自己的能力也有所保留，冶茂心情愈形沉重。除此之外，還有一件令他更為煩惱的事，那就是該如何瞞過母親這兩個星期集訓的外宿行蹤。

「唉，也不要太小看自己——」吳教練輕拍治茂的背部。「能入選就是一種肯定，教練我等一下學校那邊還有事情要處理，你就先過去三年級那邊一起練習吧。最好就是跟何明原練習投捕，好好加強你的不足之處。」

吳教練即使自己也很擔心，還是勉強對治茂說了幾句勉勵的話，但他對於李謙山總教練選擇治茂的用意，始終還是非常不安。儘管如此，因為要務在身，吳教練也只能先行離去。

望著吳教練離去的身影，治茂有些迷惘。轉身回到休息區，治茂拿起自己的手套，踏著異常沉重的腳步，緩緩走向高三隊員的練習區塊。

「喔，你怎麼跑來這裡練習了？」明原看到治茂走向三年級隊員練習區塊，刻意挑眉問著。「怎麼還不去把基本功練好？」

「學長，是教練叫我過來一起練的，要我跟明原學長一起練習，加強投球——」治茂從高一加入球隊之始，可能因為個性較為隨和，就常被這些高年級學長欺壓，即使現在已經升上二年級，還是對這些學長們敬畏三分。

「國家代表隊選手了不起喔，還敢給我開訓練的內容，給我皮繃緊一點！」明原放完這句話掉頭就走。

「還可真厲害，難不成國家青棒隊的總教練陰錯陽差看到去年高中聯賽的影片？林治茂那種驚人的後援表現，實在太令人印象深刻，真的是奇葩、奇葩！」

另一名高三學長貌似恭賀讚揚，治茂也很清楚這些言語不過是在諷刺他罷了。

看到學長們對於治茂的入選並不是非常服氣，讓氣氛顯得相當尷尬，儘管治茂盡可能擺出笑容，但總覺得還是應該向學長們說些什麼才會比較妥當。

「啊——副隊長——」治茂看到奇興從面前走過，試圖想要和他搭話緩和氣氛。「那個——那個——這件事我也很意外——」

奇興連看都不看，便從治茂身旁迅速離去。

「學長，我要去帶高一、高二隊員的揮棒練習了！」奇興轉頭和學長們說完後，總算看向治茂，不過卻是狠狠瞪了一眼，接著轉身走向一、二年級的練習區塊。

「不要在那邊假惺惺了——」明原學長向前走了幾步，經過治茂身旁突然插了一句。「其實你心裡樂得很吧，厲害的國家代表隊選手！」

儘管治茂還是擺出傻笑沒有回應，但對明原學長從剛才就不斷挖苦諷刺，已經感到相當厭煩。

「喂，要一起練也沒關係，這邊就你最菜，還不去把大家的球具拿過來！」

一名學長大聲斥著。

「啊！是！」治茂聽到學長的命令，趕緊飛身回到休息區，將那幾名三年級學長的球具都拿了過來。

由於一次拿了太多手套和球棒，來到練習區時不小心掉了幾隻手套，偏偏明原的捕手手套也在其中。

「幹！你有什麼不滿嗎！」一名學長過來罵了一句。

「拜託，人家可是高貴的國手，說話小心點！」明原彎身撿起自己的捕手手套，並狠狠瞪向冶茂，隨後更在經過冶茂身旁時，刻意用肩膀使力撞去，冶茂重心一個不穩，讓手中更多球具又掉了出來。

你一言、我一句的冷嘲熱諷，以及明原學長的魯莽舉動，終於還是讓冶茂忍受不住，直接把手中剩下的球具全都丟在地上。

冶茂板起面孔說著：「學長，拜託你們不要這樣好不好？要我整理場地，拿球具之類的雜務，這本來就是學弟我該作的事，但是對於入選的事，老實說我也很意外，我知道我的入選讓你們很不舒服。不管你們是不是從以前就不喜歡我或是怎麼樣的，再怎麼說我們也都是元台高中棒球隊的隊友——」

話還沒說完，矮胖的明原已經氣得一把揪住冶茂的衣領吼著：「好小子，真的一入選國家隊就想騎到我們頭上嗎！還敢頂撞學長，還敢跟我說教！」

「學長，我沒有這個意思——」冶茂咬緊牙根，看著面露兇光的明原學長，盡可能壓抑自己的不滿情緒。

「喂，適可而止好不好！」隊長仁哲總算看不下去，終於打破沉默。「冶茂學弟有作錯什麼事，說錯什麼話嗎！明原，身為學長看到學弟有好的發展，就那麼不堪入目嗎？你給我到一邊好好冷靜！」

「哼！」明原被隊長的話語激得更為光火，卻也無法反駁。本想繼續說些什麼，但看在隊長面子份上，也只好就此作罷。

明原甩開了治茂的衣領，只能心不甘、情不願退了下去。

隊長仁哲的個性，從以前就一直相當冷靜沉著，也因此在隊上說話相當具有份量。見到明原離去後，仁哲這才開口說著：「學弟，不是想幫你說話，不過我還是先恭喜你入選，也祝福你能有好的表現。」

「隊長，謝謝你——」治茂聽了學長們一整天的冷言冷語，現在總算有人願意幫忙說話，讓他感到欣慰不已。

「不過說實話，我可以理解他們的心情——」隊長仁哲凝視遠方說著。「我和他們一樣，都是從國小就開始接受嚴格的棒球訓練，明原也好，奇興也好，都是這樣一路苦練上來。我不否認你的資質不錯，但現在的你還欠缺比賽經驗和堅強的心理素質，入選國家隊當然會令一些人很不服氣。尤其是你從國中才開始練球，又不是正規棒球隊出身，能有這樣的表現，現在更是入選國手，當然讓我們羨慕不已，不，甚至講明白就是忌妒！」

治茂瞪大雙眼難以置信，這些話竟會從隊長口中說出。尤其是隊長仁哲一向表現優異，個性又很沉穩，竟然也會羨慕自己。

「喂，林治茂，你是要在那邊閒聊到什麼時候！不是要練習投球嗎？」

遠方傳來明原學長的呼喊，不知道什麼時候已經穿戴好全套捕手護具，在練投區等得相當不耐。或許明原對於剛才隊長的訓斥還心有不滿，但因為不敢向隊長發怒，乾脆直接找治茂開刀，好能打斷兩人的交談。

「不說這些了，好好加油吧！」隊長仁哲露出微笑，拍拍治茂肩膀，催促治茂趕緊前往練習。

走向練投區後，治茂與明原學長兩人總算展開練投，不過兩人之間始終保持沉默，進行著相當詭異的無聲練投。即使明原對治茂總是相當不友善，但還是遵照教練指示與治茂進行投捕練習，這倒讓治茂有些後悔先前還對學長出言不遜。

「喂，林治茂，熱身完了沒啊！一直投這種球速是想鬧笑話嗎？能不能催快一點！」明原學長總算開口打破沉默，不過口氣顯得相當不悅，說完後還刻意用力將球回傳。

「是，學長！」治茂小心翼翼答著。

治茂重新整理球帽，接著依照學長指示奮力投出。

「啪！」

球一瞬間就進了明原的手套，發出清脆的聲響。

「搞什麼啊你！」明原再次用力將球回傳，不過這次刻意將球甩在地上，球在滾回治茂面前就停了下來。「有球速沒錯，但你覺得這麼誇張的壞球騙得到打者嗎？」

「學長，不好意思——」治茂趕緊走下投手丘彎身撿球。

不過治茂也是滿腹委屈，明明就還在熱身調整，怎麼一下子就要求那麼嚴格，實在有些強人所難。

繼續投了十幾球，有幾球又出現了接近暴投的明顯壞球。

「靠北喔！你是不是想整我、操我，讓我一直起身接球，左移右移的！」明原氣得將捕手面罩丟在一旁。「你現在只是練習，十球中就快有三球明顯是壞球，真正比賽的時候，心情如果被場上狀況影響，你以為你還能維持現在練習的這種輕鬆狀態嗎？你知不知道你不能成為王牌投手最嚴重的問題，不是你的身體條件和球技，而是你在比賽上的專注度根本就不夠，心態也有問題，這就是你和奇興的最大差距！」

「學長，對不起──」治茂即使知道這是明原學長刻意刁難，還是脫帽表達歉意。

「幹，吃屎吧你！浪費我的時間，今天沒心情練球了！」明原對於治茂的致歉毫不領情，順手將球甩往後方，便彎身撿起捕手面罩，接著直接走出投手練習區的圍欄。「你自己跟牆壁好好練習，這種程度也想跟我練！入選國手算你好狗運，拜託你千萬別丟元台高中的臉，還是自己有自知之明先退出國手集訓算了！」

治茂目送明原學長滿是忿怒的身影離去後，這才緩緩走下投手丘，撿起那顆被明原學長扔在地上的棒球。由於這顆練習用球已經十分老舊，縫線部分有些脫落，治茂脫下手套蹲在圍欄邊，雙眼無神拔起那上頭即將脫落的紅線。

路旁夜燈已然亮起，宣示著夜的來臨，不過天空在夕陽餘暉的照耀下，仍舊保有最後一絲光明。冶茂心情十分低落，牽著他那台老舊的腳踏車，踏著沉重的步伐緩慢前進。

低頭俯視筆直前進的單調路線，冶茂能看到的視線相當有限，正如同他未來兩星期的集訓，一樣是看不見盡頭的黑暗道路。終於他來到了學校後方一個偏僻的山腳邊，位置就在快速道路高架橋下方，而前方的山坡上盡是各式各樣的墳墓。

到了山腳下唯一亮燈的一棟鐵皮屋旁，冶茂總算停下腳步，並將腳踏車擱置一旁。

「喔，一定是阿茂，又來找我練球嗎？」

聽見腳踏車所發出的聲響，鐵皮屋內傳來一名中年男子的聲音。

「唉，也不算是，我是想來找我爸爸聊聊——」冶茂有氣無力說著。

「哈哈，阿茂，在這種傍晚上山去掃墓，我看你真的會遇到你爸呢！」中年男子從鐵皮屋門口探出頭來說著，緊接著露出了拿著兩隻棒球手套的左、右雙手。

「晚安啊，墓仔伯——」冶茂強顏歡笑打著有氣無力的招呼。

這個被冶茂稱為「墓仔伯」的中年男子，看起來可能已有五十多歲，滿頭斑白的短髮，戴著一副方框大眼鏡，臉上總是掛著慈祥笑容，並時常透過鏡框上緣瞄視文件，讓人一看就是個好好先生，一點也不像墓場管理員。不過肌肉結實、體格強壯，即使已經步入中年，到現在都還是體力旺盛。

「拿去吧——」墓仔伯將其中一隻棒球手套交給治茂。

「呃，好啦，墓仔伯，我等一下再陪你玩球啦——」治茂微微點頭致歉。「我是真的要上山去找我爸一下——」

「什麼，說得那麼勉強，是我陪你練球吧，不是要練你的祕密武器嗎？」墓仔伯說完，從腰際拿了大手電筒遞給治茂。「你自己小心一點啊，有看到妖魔鬼怪，再大聲叫我，我要去跟他們收欠繳很久的管理費！」

「好的，好的，我會跟他們說，是你派我來收錢的——」

治茂接過手電筒後，朝公有墓地的入口處前進。其實天色尚明，在晚霞的照耀下，還不到使用手電筒的時候，這塊墓地也還不至於那麼恐怖。

對於父親的印象，治茂一直相當模糊，記得在剛上國小時，父親就發生意外不幸過世。在家人刻意隱瞞下，一直到國中以後，治茂才發現父親已不會再回來的事實。對於父親的長相，甚至是生前的工作，治茂已經沒有記憶，每當向母親問起父親的事，總是惹來母親的異常憤怒，讓治茂後來也不敢輕易在母親面前提起這些事。一直以為是被父親拋妻棄子的治茂，是在升上高中後，母親才第一次帶他到這裡的墳墓祭拜父親。

從那以後每當治茂心情沮喪或是迷惘之時，都會跑來這裡散心，也因此認識了這裡的守墓管理員「墓仔伯」。儘管已經相識超過一年，治茂卻還是不知道「墓仔伯」的名字，而他也不打算透露，臉上總是掛著慈祥笑容，陪伴治茂的每一次練習。

穿過公墓入口，再向上步行一段距離，就是治茂父親的墳墓。一如往常，父親的墳墓還是相當乾淨整齊，似乎一直有人特別整理。如果不是母親的話，因為也沒什麼還會往來的親友，治茂實在也想不出其他人選。

治茂放下手電筒靜靜站在墓前，輕閉雙眼並雙手合十，只見他口中唸唸有詞，接著不時彎身祭拜。

「哇！」

一隻手突然搭在治茂肩上，讓他不覺大叫一聲。

「什麼啊，墓仔伯，不要這樣嚇我好不好——」治茂回頭一望，這才發現是墓仔伯，不知道什麼時候靜悄悄出現在自己身後嚇人。

「阿茂，這次有什麼心事嗎？」墓仔伯拿了兩罐啤酒，並伸手把其中一罐交給治茂。

「拜託，墓仔伯，我還未成年，可以喝酒嗎？」治茂苦笑婉拒墓仔伯的好意。

「哎呀，有什麼關係，我想你爸也不會介意的！」墓仔伯看了墓碑一眼，還是對治茂再次熱情邀約。

「別這樣嘛，這是我堅持的守法原則，我有哪一次屈服過——」治茂再次露出苦笑。「等我明年成年之後，我一定會和墓仔伯一起喝酒，好不好？」

「哈哈——」墓仔伯見到治茂每次都如此堅持，也不好再繼續捉弄。「既然這樣，那我就跟你爸好好痛飲啤酒——」

墓仔伯說完，自己開了一罐啤酒喝了幾口，又將另一罐打開，接著緩緩倒在墓碑上方。對於墓仔伯這樣的舉動，冶茂也已經不是第一次看到了。

「阿茂，你知道嗎——」墓仔伯邊倒啤酒邊說著。「你爸爸年紀和我差不多，我在你這個年紀的時候，早就開始喝酒，而且就是在練完棒球後，和一個最要好的朋友一同痛快暢飲，這樣可忘記一整天發生的所有不快——」

冶茂想起墓仔伯說過，以前學生時代也打過棒球，不過關於自己的身世，墓仔伯卻很少提起。

「呃，還是我這乖小孩比較守法——」冶茂向墓仔伯吐吐舌頭。「算了，其實也沒發生什麼大不了的事，我們還是下去痛痛快快丟丟棒球吧！」

「哈，你這小子還真的很愛把心事都往肚裡吞，只願意跟這塊石頭講話，也不願意跟墓仔伯好好分享，還可真羨慕你老爸啊！」

「哎呀，有什麼好羨慕的，人都作古那麼久——」冶茂指著墓碑說著。「況且我連老爸是什麼樣的人，一點也不曉得，所以才覺得和他說話沒有關係——」

「哎呀——」墓仔伯原本彎身準備撿起地上的啤酒空罐，一不小心，卻從上衣口袋中掉出了一張陳舊的照片。

「啊——」冶茂本想幫忙撿起，卻被墓仔伯搶先一把抓起，並迅速收回上衣口袋。

儘管只有匆匆一瞥，治茂還是隱約看見照片上，似乎是一名幼童和一名成年人玩著棒球的身影。見到墓仔伯的反應，治茂也能察覺，這明顯是墓仔伯不想讓別人知道的陳年往事，實在也不好再去探人隱私。

「嘿、嘿——」治茂為了化解這尷尬的場面，突然賊笑起來。「來看誰先下山啊！」話剛說完，治茂便三步併兩步，丟下墓仔伯跑下山去。

治茂下山後，拿著棒球手套直奔鐵皮屋前方的橋下空地。

此時天空早已呈現一片昏暗，墓仔伯下山後看到治茂在橋下空地揮舞雙手，並不時指向上方，便進入鐵皮屋內開啟電源。啪滋幾聲，高架橋下頓時亮如白日，原來墓仔伯為了治茂練球之需，已在橋墩到橋壁之間自行架設了數十盞燈泡，而在橋壁上更劃了數個好球帶位置的同心圓，並在遠方的相對位置做了個以紅土堆高的簡易投手丘。

「哈哈！墓仔伯，讓你今晚看看我的速球威力！」

治茂撿起地上的棒球，開始為自己的「祕密武器」進行訓練。

「不能就此認輸，絕對不能就這樣被大家看扁！可惡！」治茂口中唸唸有詞，站在簡易投手丘上，朝向橋壁上的同心圓奮力投了過去。

雖然治茂尚在暖身因此球速不快，但還是每球都正中同心圓的紅心，顯然這祕密武器的控球準心比治茂原本的姿勢穩了一些。

沒多久，墓仔伯戴上捕手面罩，前往橋壁前與治茂練習投捕。

「阿茂，不是跟你說過了，下盤要穩一點，還有跨步時重心不要歪掉——」墓仔伯邊說邊作出示範動作。

「是——」

依照墓仔伯的指示，冶茂低頭檢視自己的抬腳動作，在投手丘上反覆練習了幾次。這個冶茂自行練習的祕密投球動作，從來沒有在眾人面前展示過，或許因為技術還未成熟，冶茂也不敢貿然公開亮相。

繼續練投了好一段時間，冶茂後方竟出現了一個熟悉的身影。

「老大！」緯輝不知何時出現在投手丘後方，手上還提著冶茂與自己的棒球球具。「原來你常常在球隊練習後消失，就是跑來這裡偷練喔！該不會是練得太爽，才會常常在休憩小站放我鴿子！」

「咦，阿輝伯——」冶茂回頭一看，顯得相當驚訝。

「老大，你也太狡猾了，要偷練也不找我，好歹我也是你多年的捕手搭檔，從國中就陪你一起偷練這個祕密武器，到高中都沒再跟我提起這件事，我還以為老大已經放棄這個祕密投球了——」

「你怎麼知道這裡——」冶茂顯得十分納悶。

「啊，老大，抱歉——」緯輝搔著頭。「我看你今天校隊練習時，好像不是很順利，心情看起來不是很好，什麼都沒說就離開，我覺得很擔心，才一路跟了過來。本來想說就此打住，只是剛剛看到好久不見的祕密武器，也很想陪老大一起練，才會忍不住跳了出來——」

「呃，阿茂，這位是？」見到兩人在投手丘附近交談，墓仔伯早已脫下捕手面罩湊了過來。

「啊，墓仔伯，跟你介紹一下，這位是我國中學弟陳緯輝，大家都叫他阿輝伯。」冶茂指了指緯輝說著。「就是那個我之前跟你提起，國中陪我一起練這個祕密武器的捕手學弟，現在也進元台高中棒球隊了。」

「這位阿伯是？」這次換緯輝提問。

「這位阿伯是墓仔伯——」冶茂向緯輝介紹著。

「什麼，我沒聽錯嗎？墓仔——」緯輝有些疑惑。

「沒錯，跟你想的一樣，是那片公有墓地的管理員，所以叫作墓仔伯，以前學生時代也打過棒球。」

冶茂指了指旁邊那一片公有墓地，在夜晚更顯得氣氛詭異，不過因為橋下還有數十盞燈光照耀，倒也不是那麼恐怖。

緯輝點點頭，接著眼神流露欽佩之意說著：「不過，說真的，剛剛看老大的祕密投球，跟國中比起來，真的進步很多，其實下次比賽應該可以直接亮相，一定會技驚全場！哈哈！」

「少來，你也來跟墓仔伯多討教幾招，以前打過棒球的前輩真不是蓋的！」冶茂拍著緯輝肩膀說著。「也不是要刻意隱瞞你啦，我是想說你國三那年要準備考試，所以我都跟墓仔伯在這裡練球，要是哪次比賽真的派上用場，可以給你一個大驚喜。本來打算晚一點再跟你說，不過既然都被你發現也就算了，以後歡迎一起來這裡偷練！可以吧，墓仔伯？」

墓仔伯露出招牌的慈祥笑容說著：「當然啊，既然是阿茂的學弟，多一個人陪我玩棒球，有什麼不好？」

「對了，我突然想到一個很嚴重的問題——」緯輝突然一臉擔憂問著。「就是你下下星期去集訓的那兩週，要怎麼瞞過林媽媽啊？」

「唉，這我也很煩惱——」治茂滿臉愁容。

「集訓？什麼集訓？」墓仔伯神情顯得相當疑惑。

不待治茂解釋，緯輝早就一臉興奮搶先說著：「喔，墓仔伯，咱們老大可是光榮入選明年青棒國家代表隊的國手培訓成員，下下星期就要去受訓了！這消息可是惹得一堆隊上學長羨慕不已，才會藉機故意刁難老大！」

「哈哈，難怪最近來這裡練得那麼勤——」墓仔伯滿心喜悅拍了治茂肩膀一下。「入選國手竟然也不跟我說一聲，果然還是不改你那什麼都不講的古怪個性，太不夠意思了！不過還真是恭喜你啦，阿茂！也難怪你今天心情會那麼糟，一定是隊上學長對你的入選閒言閒語吧？這很正常啊，因為他們就是忌妒你啊，好好表現給他們刮目相看就好了，哪個棒球隊的學弟沒被學長欺負過啊！」

緯輝早就看不慣奇興和一些三年級學長對治茂的無理欺壓，藉機一口氣開始傾訴：「不不不，我覺得以老大的實力入選是應該的，反倒是那個洪奇興和何明原，實力雖然不錯，不過又不代表老大不如他們。老大只是個性太溫和，才會一直被那些學長欺負，今天要是老大個性跟洪奇興一樣冷酷，我看其他學長才不敢說什麼閒話呢！」

墓仔伯聽了以後先是會心一笑，接著開口問著：「對了，阿茂，這次青棒代表隊的總教練是誰，搞不好我認識呢——」

「嗯——」冶茂思考了一會兒。「好像是叫做李、李謙山的樣子，老實說，我也不知道他是誰——」

「喔，李謙山——」墓仔伯聽到後顯得有些驚訝，不過一下又恢復原來的笑容。

「怎麼，墓仔伯認識他嗎？」冶茂察覺墓仔伯的異狀，趕緊追問著。

「呃，名字有點熟——」墓仔伯搔搔頭髮。「好像有聽過，不過我也不知道他是誰——」

「先別說這個了，老大，集訓那兩星期該怎麼解決啊？」緯輝擔心地問著。

「這個嘛，我也覺得很煩惱——」

冶茂來回踱步，也不知道該如何是好，即使知道母親工作繁忙，總也不可能平白無故消失兩個星期。

看著橋壁上的同心圓，冶茂知道自己現階段的目標非常明確，一定要在國手集訓好好表現，好讓那些瞧不起他的學長們刮目相看。不過在這之前，卻還有很多事情需要煩惱。

「巧歆，覺得我的投球如何啊？」治茂認真問著。
「怎麼，很爛啊！」巧歆若無其事答著。
由於治茂與緯輝剛才在公有墓地旁的「祕密基地」又練了一陣子，到達休憩小站已經將近晚上九點。
過了冷飲店的尖峰時間後，巧歆總算有時間坐下來與治茂兩人休息閒聊。
「妳是認真的嗎？」治茂神情相當嚴肅，眼神卻又有些憂傷。
「是啊——」巧歆還是毫不在乎答著。「唉，元台高中的名聲——」
「學姐——妳怎麼——」緯輝對於巧歆的回答也有些意外。
「哈哈——」巧歆突然笑了起來。「林治茂，你也太好笑了，這樣就變得那麼沮喪，幹嘛要那麼在乎別人怎麼看你啊！」
見到巧歆的笑容，治茂這才發現自己被耍，頓時有些不知道該如何回應：「話也不是這麼說，只是——」
「唉，其實我說很爛也不是純粹開玩笑的啊！」巧歆斂起笑容說著。「我有看過你平常練習投球的樣子，明明就很正常，但在比賽的時候常常突然自爆，要說爛好像也不為過——」
「竟然連妳都這麼說了——」治茂顯得愁眉苦臉。

「拜託，你也太誇張了吧——」巧歆雙眼微睜說著。「你怎麼不換個角度想，竟然能入選國手，總教練就一定是有看上你什麼優點，可以好好栽培。而且那些學長們與其說是要找你麻煩，不如說他們是想提醒你的缺點在哪裡吧？」

「話是這麼說沒錯——」治茂挑眉思索著。

「哎喲，那還有什麼好煩惱的！」巧歆往治茂肩上重重拍了下去。「像個男人好不好，既然被瞧不起，就好好表現給他們看啊，林治茂小妹妹！」

「可惡！誰跟妳小妹妹！」治茂抗議著。

「兩位前輩，先別離題啦——」緯輝眼看兩人又要開始鬥嘴，趕緊將兩人拉回今晚最重要的議題。「今天晚上不是要討論該怎麼瞞過林媽媽，怎麼又扯到別的話題來了？」

「咦？剛剛結論就是不要再隱瞞了——」巧歆再次重申自己的論點。「這次治茂要去集訓兩個星期，怎麼可能瞞得住。別傻了，快去跟林媽媽說清楚吧，她一定可以接受的，這可是一件好事啊！」

「別這樣嘛，一定還有其他方法的——」治茂求救似地看向緯輝。「阿輝伯，你快給我認真想！不然以後就別叫我老大，也別跟我練球——」

巧歆見狀後睜大眼睛說著：「嘖嘖，竟然威脅學弟，誰會稀罕有你這種大姐頭，而且最好是你能教阿輝伯什麼球技——」

治茂無視於巧歆的話語，只是對她作了個鬼臉。

「唉，老大，兩星期真的太長了——」緯輝聳聳肩。「要說三、四天去校外活動還可以說得過去，我看這次真的沒辦法了，老大請節哀——」

「嗯——」治茂還是不願意放棄，繼續認真思考著。「還是說文學社有活動，但長達兩星期又太奇怪。那還是文學社的秋訓，不過好像只有寒、暑訓才比較合理——」

緯輝見到治茂還在掙扎，只好繼續補充著：「不過老大的媽媽不是大夜班嗎？工作時間剛好是晚上，白天才回家休息，這樣不是和老大作息時間都錯開，消失兩個星期也不會被發現吧？」

「話是這麼說沒錯，總是怕有個什麼萬一啊——」治茂搖搖頭。「至少換洗衣物或是什麼，兩星期不在還是會被發現的，一定要編個合理的理由瞞過才行——」

停頓了一會兒，治茂突然雙眼一亮繼續說著：「還是阿輝伯就在這段期間潛入我家，丟髒衣服和定時吃掉冰箱突然多出來的食物——」

「老大，別開玩笑啊——」緯輝瞪大雙眼說著。「要是林媽媽突然調班回來，我不就被當賊打死！」

「唉——」治茂輕嘆一口氣。「看來這樣也不行，快想想其他辦法啊。巧歆求妳了，妳是我們當中頭腦最好的，快想想辦法啊——」

就在治茂還在煩惱的當兒，不遠處響起悅耳的手機鈴聲，原來是巧歆放在冷飲吧台上的手機有人來電。

「啊，我的手機——」巧歆趕緊起身，並一跛一跛趕到冷飲吧台。「喂，是馨瑩喔，有什麼事嗎？」

「什麼，是馨瑩！」緯輝聽到電話另一端的名字後，整個人精神為之一振。

「馨瑩是誰啊？」冶茂滿臉疑惑。

「蔡馨瑩啊——」緯輝開心地說著。「我們隔壁班一個很可愛的女生！」

「阿輝伯，你該不會暗戀她吧——」冶茂露出詭異的笑容。

「嘿嘿，我才不像老大，喜歡什麼、討厭什麼都不敢說。我是喜歡她沒錯，巧歆學姐也知道啊！」

「咦？為什麼巧歆和她會認識？你什麼時候跟那個兇八婆那麼熟了——」冶茂懼怕被巧歆聽到，刻意壓低聲音說著。

「嘖嘖——」緯輝語帶責備數落著。「老大，你這也太不應該了吧！虧你還是文學社社員！馨瑩跟老大一樣都是文學社的，還是巧歆學姐把她拉進去社團的，當然會認識啊！」

「喔——」冶茂這下總算想通。「不過你才不應該吧，明明就知道我只是文學社掛名社員！」

儘管冶茂輕敲桌面表達抗議，不過冶茂的這個動作，緯輝只是完全無視，目光已被緩步走來的巧歆所深深吸引。

「學姐，馨瑩有什麼需要幫忙的嗎？包在我身上都沒問題！」緯輝一副胸有成竹的模樣，讓冶茂看了只能忍住不笑。

「沒有啦——」巧歆一臉無奈說著。「這學妹有時候也很好笑，竟然問我要不要跟她組隊一起參加學校科展。我明明就是社會組的，她才是以後要念自然組的，我怎麼可能參加——」

緯輝倒是相當興奮說著：「學姐，拜託別這樣，我們一起組隊吧，這樣就可以順理成章和馨瑩混在一起了！」

「你——」巧歆輕皺眉頭。「算了吧，不要害我學妹，我都不行了，找你還得了。」

「耶！對啦！巧歆妳真是天才啊——」冶茂突然雙眼一亮大聲叫著。「科展，就是科展，我怎麼都忘了呢！」

「發什麼神經啊你，突然大叫想嚇死誰啊！」巧歆顯得有些驚魂未定。

冶茂難掩興奮繼續說著：「我國中也有參加過科展，我們快一起組隊參加吧！」

「該不會你國中就是用這種方法瞞過林媽媽吧？」巧歆挑眉問著。

「對耶，老大——」緯輝點點頭。「你這麼說我倒是想起來，國中有一次在台北比賽四天，原來你是用這種方式瞞過的啊！」

冶茂露出得意的笑容說著：「別這麼說，我那次科展還有得獎呢！」

「哇塞——」巧歆雙手插腰。「掛名當搭便車的人，還敢講得那麼大言不慚，真是不要臉！」

冶茂雙手合十哀求巧歆說著：「好啦，巧歆，就這麼決定，我跟妳和緯輝還有那個什麼文學社的學妹，就一起組隊參加吧！」

「我才不要——」巧歆連忙搖頭拒絕。「我就不行了，更何況加你和阿輝伯，別害我在學妹面前臭掉！」

「學姐，別這樣啊，我跟老大一起拜託你了！」緯輝動作比冶茂還要誇張，已經起身鞠躬求情。

「不要啦，不要啦，不要啦！」

巧歆見到面前的兩個神經病，一個不斷鞠躬哈腰，一個又像在膜拜神明，氣得轉身準備離開。

「巧歆，別這樣嘛——」冶茂懇求著。「我就跟我媽說，因為參加科展，要住在同學家兩星期一起努力，有國中的得獎紀錄，我想我媽應該會相信的！」

見到巧歆沒有反應，冶茂又一把拉住巧歆的右手袖口說著：「不過我媽知道阿輝伯是棒球隊的，可能要說是住在妳家比較好了！」

巧歆聽到後直接甩開冶茂的手，漲紅臉說著：「誰准你住我家的，你這色狼！」

「學姐沒關係啦，不然就說住我家就好——」緯輝再次加入求情行列。「不，就真的住我家吧，我家很歡迎馨瑩住進來的！」

儘管隔著無框眼鏡，巧歆的怒目還是相當明顯：「阿輝伯，你也是個色狼，別想動我學妹歪腦筋！」

「好啦，小歆姊姊——」冶茂口氣變得愈來愈噁。

「哼——」巧歆氣急敗壞說著。「要是真的組隊參加，阿輝伯也許對科展還有幫助，但林治茂你絕對完全沒有用處！你不但棒球爛，功課更爛，滿腦子邪惡思想，根本沒救了！」

「哈哈——」治茂騷頭苦笑著。「我有那麼差嗎？」

◎第三棒：所謂國家代表隊？

台中洲際棒球場，座落於台中市崇德路與環中路路口，屬於符合國際標準的比賽場地。鮮紅巨型交錯的網狀鋼架，是洲際球場相當醒目的外觀特色。由於經常舉辦國際比賽，這次也順理成章成為國際青棒賽代表選手的集訓場所。

「天啊！完蛋了！」

冶茂神情慌張、臉色發白，手中提著大包、小包的行李，自從下了公車後就不斷向前狂奔。艷陽高照，儘管已經進入秋天，卻一點也沒有涼爽的氣息，反倒像是置身於炎炎夏日。冶茂跑著、跑著雙腿有些發軟，只好停下來喘息，額上汗珠不時流下。低頭看看手錶，雖然距離集合時間還有二十分鐘，不過這個人生地不熟的台中洲際棒球場，即使已經矗立眼前，還是不知道該從哪邊進去。

「完蛋了，到底要走哪邊？」

冶茂冷汗直流，不時左顧右盼，發現一個和他一樣提著大包、小包的男孩，印象中好像和他坐著同一班公車，不過因為並不認識，也就沒有攀談，但其實冶茂也不是非常確定是否為同一人。

男孩悠哉悠哉走著，冶茂看到他老神在在的模樣，直覺或許只是個台中地方的學生棒球隊成員。這名男孩儘管皮膚黝黑，面容卻相當清秀，看起來也不太像是個老練的棒球選手。

見到男孩加快腳步，似乎想要上前與冶茂攀談，不過由於時間緊迫，冶茂根本沒有時間去理會這名男孩，趕緊自顧自地繼續向前奔去。

冶茂繞著球場跑了一段距離，經過一個轉角，眼前總算出現一群學生模樣的年輕人，群聚集在球場門口，少說也超過五十人。這樣的人數比冶茂想像的還要多出許多，原以為大概只有二十多人入選，了不起就三十人，沒想到一開始就選了五十多名選手。

「呼——」冶茂一路上提心吊膽，這下總算能夠鬆了一口氣。

「嘿，兄弟，你也是來參加青棒隊的集訓嗎？」

冶茂聽見背後傳來呼喊，隨即轉身一看，原來就是之前在路上遇見的那名男孩。

「啊、啊，是啊——」冶茂上氣不接下氣答著。「難道、難道你也是？」

「咦？有什麼奇怪的嗎？」

「啊，沒有、沒有——」冶茂趕緊否認。

冶茂仔細端詳，這名男孩身高和自己相差不遠，不過眉清目秀的臉龐，實在讓人很難與棒球選手有所聯想，但從他肩上背的行李和球具袋看來，可以推測確實也是這次的集訓選手。

「好吧，那我來正式跟你打聲招呼——」男孩笑眼瞇瞇說著。「我是盛文高中的劉建仲，不過我好像沒看過你，應該是我前輩吧——」

「你好，你好，我是元台高中的林冶茂。」冶茂也回以親切的笑容。「不過我才二年級，建仲兄應該才是我的前輩吧？」

「哈哈，那真是太巧了——」建仲相當興奮說著。「我聽說這次入選還是以三年級為主，想不到一開始就遇到跟我一樣的二年級選手！」

冶茂搔搔頭說著：「別這麼說，我們學校可能比較默默無聞啦，這次能入選也非常意外——」

「咦？元台高中——」建仲雙眼微睜說著。「你該不會就是元台高中二年級的王牌投手，那個曲球高手，常常完封棒球名校的強投！」

「哈哈，這個嘛——」冶茂很清楚自己擅長的是滑球，建仲指的那個人一定是奇興。「那個應該是我們學校的另外一個人——」

「也是啦，我記得好像叫做洪什麼興的——」建仲歪頭思索著。「不過元台高中好像只有一個球員入選，那不就代表你比那個王牌還強。天啊，真高興一來就認識你了，而且還叫做冶茂，一定跟以前美國大聯盟野茂英雄一樣強！」

「喂，怎麼那麼確定我是投手，搞不好我是個打者啊！」

「因為我看你身上沒帶球棒——」建仲停頓了一下，才又繼續開口。「不過還蠻奇怪的，就算是投手，也應該要練一下打擊——」

「哇靠！」冶茂瞪大雙眼。「慘了！慘了！」

治茂心頭一涼，努力搜尋腦海中球棒袋的最後畫面，就是在先前那輛公車的座位上。由於那時趕著下車，平常不怎麼練習打擊的治茂，特別向學弟緯輝借來的高級球棒，竟然就這樣直接遺忘在公車上。

上了高中以後，專職練投的治茂，很少上場打擊，也因為如此，即使偶爾轉為打者上場支援，表現也不是非常出色，頂多就是個程度中上的普通打者，並不像其他投打雙棲的強棒，在投手與打者之間游刃有餘。

儘管如此，要是這次入選國手不是以投手身分，反而是野手的話，沒有自己的球棒在身，就算能跟其他人借到，但在自主訓練時，若是沒有球棒還是有些麻煩。治茂仔細回想，這兩屆的高中棒球聯賽，因為有指定打擊，好像都是以投手身分上場，再怎麼誇張也不可能是以野手身分入選吧？只是緯輝那支高級球棒，集訓回去後又該怎麼解釋？

見到治茂滿臉愁容，建仲突然面露詭笑說著：「喂，林治茂同學，我說你這麼不愛惜我們寶貝傢伙棒球球棒，我才會覺得你應該是個不怎麼練習打擊的投手吧？」

建仲說完，從身後拿出了那個眼熟的球棒袋，讓治茂頓時鬆了一口氣。

「咦？所以你真的就是跟我坐同一班公車的那個人？真是太感謝了！」治茂接過球棒後，趕緊彎身道謝。

「唉，同學——」建仲挑眉說著。「我就坐在你後兩排的位置上，見你一直頻頻看向手錶，連我都差點跟你一樣緊張起來。下車後你又一路狂奔，好不容易快要追上，你卻又跑走，看起來真的非常慌張。還是說，你該不會是第一次入選國手吧？」

「呃，是啊——」治茂小聲答著。

「那代表你真的很厲害啦！你看前面那些人，很多都是熟面孔，那個穀沼高中的陳育航，還有南強高中的李鴻濟，都是國手常客，以前青少棒時期就和他們一起受訓過。」

「所以說建仲兄以前國中時期就入選過國手了？」治茂對於眼前這名長相斯文的選手，竟會有如此大的反差，顯得有些目瞪口呆。

「是啊——」建仲點點頭。「大部分從國小的少棒代表隊到青少棒都是這幾個老面孔，原以為這次入選名單也不會有什麼大變動，想不到竟然多了很多新人。那個洪什麼興的，以前少棒就一起打過國家隊，實在是太久沒碰面，只知道後來莫名其妙跑去元台高中，那間學校又一直沒打進會內賽，所以再也沒遇過。不過，他明明可以去別間棒球更強的學校吧？」

建仲突然察覺自己說錯話，面露尷尬看了治茂一眼，接著才苦笑說著：「啊，抱歉，我沒有別的意思——」

「哈哈——」治茂乾笑著。「這是事實，沒關係啦、沒關係啦。」

「我會對洪什麼興的那麼有印象，是因為我在國小的少棒隊最後入選資格的練習賽，頻頻被他用曲球三振，表現相當不理想，害我後來不知道是不是因為這樣，沒有出現在最終入選名單上，才想說以後一定要好好報仇。不過他後來青少棒代表隊的甄選，竟然因為剛好受傷退出，真是太可惜了。」

儘管建仲口口聲聲說要報仇，治茂也看得出來，建仲只是對於當年的事心有不甘罷了，並不是認真想要復仇。

話說回來，原來奇興在國小時，竟然打過少棒國家代表隊，可見他的實力確實不容小覷，自己能取而代之，除了僥倖實在也找不出其他更好的理由。也難怪先前在學校時，那麼多人對於治茂的入選會如此不服。

建仲繼續開口說著：「所以我今天在公車上，無意間從你背包上，注意到你是元台高中的選手，還以為你就是洪什麼興的，害我高興了一下。」

「哈——」治茂露出苦笑。

建仲發現自己又再次失言，連忙打圓場說著：「啊，也不是啦，能認識比他更強的選手，我當然更高興了！」

「也不是這麼說啦，他真的比我強多了——」治茂繼續尷尬笑著。

「林治茂同學，你太謙虛了啦，我對你真的很期待喔！」

建仲用力拍了治茂，力道比想像中還要強上許多，可見建仲的強肩臂力，不似他清秀面容那般柔弱，其實肌肉相當結實。

這時前方突然出現搔動，一名身材高大、五官輪廓分明，面容又十分俊俏的男選手，慢慢走進人群，引來兩旁其他選手的竊竊私語。

「咦，那個人有什麼奇怪的地方嗎？」治茂低聲問著。

「什麼——」建仲對於治茂的提問，有些無法置信。「林治茂同學，你該不會是在開玩笑吧，他是南強高中的主將張景勝學長啊！」

「張、張景勝——」治茂努力回想，對於這個名字似乎並不陌生。

建仲輕皺雙眉，並上下打量治茂說著：「嗯，話說回來，既然你是元台高中的投手，你該不就是去年高中聯賽會外賽，那個一戰成名的後援投手吧？那你怎麼可能不認識張景勝學長！」

「這個嘛，該怎麼說——」治茂突然瞪大雙眼，想起某件事情。「難不成他就是南強高中那個第四棒捕手？」

「對啊，就是被你——」建仲顯得面有難色。「被你——」

建仲話還沒說完，原本人聲鼎沸的集合現場，突然鴉雀無聲，也使得治茂與建仲的兩人對話戛然而止。原來此刻已到了表定集合時間，一名身穿整齊西裝，戴著淺色墨鏡，嘴上蓄有一圈鬍鬚的中年男子，矗立在球場門口，他就是這次青棒國家代表隊培訓總教練李謙山，身後還有數名學生棒球協會的工作人員。

李總看看左手腕上的手錶，接著微微頷首，並大聲宣布著：「各位『準』棒球國手，我是這一次青棒國家代表隊的總教練李謙山，看來集合時間已經到了。我們都知道集訓最重要的就是準時，那些現在還沒到的人，已經確定失去國手資格，我想這個大家都很清楚。至於我為什麼要稱呼各位『準』國手，這個『準』字的用意，等一下大家就會知道了！」

這宏亮的宣告一下就傳遍四周，李總的雙眼更在墨鏡遮掩下，顯得格外高深莫測，讓在場的五十多位選手，全都感染了沉重的肅殺之氣，沒有人敢輕舉妄動。

李總左右來回掃描這五十多名選手，接著開口繼續說著：「各位當初應該都有拿到集訓通知單，我對選手的要求很簡單，除了誠實遵守規矩外，還要認真用心。通知單上很清楚寫明集合當天請著輕便服裝及運動鞋，以利身體活動，有沒有？」

見到眼前依舊一片寂靜，李總突然放聲大吼：「到底是有還是沒有！」

「有！」

發現李總一見面就不像是在開玩笑，所有選手全都戰戰兢兢大聲回答。

李總望向前方，看到幾名打扮時髦的選手，穿著貼身牛仔褲，有的為了耍帥，甚至還穿著閃亮亮的高檔皮鞋。李總轉身向後頭的工作人員點頭致意後，又露出了詭異的笑容，那一圈蓄留在嘴邊的鬍鬚也跟著微微上揚。

「好吧，各位，請放輕鬆——」李總聳聳肩，沒多久又繼續開口。「要當運動員，最基本的就是體力！請把所有行李和球具原地放下，然後開始順時鐘方向繞棒球場跑二十圈。跟不上的人，直接拿行李回家！」

聽到這樣的宣布，在場所有選手全都目瞪口呆，久久無法置信。

「還懷疑嗎？」李總毫不在乎地說著。「我都說已經開始了，還要在原地繼續發呆嗎？」

眾人雖然還是你看我、我看你，但已經有幾個選手開始向前方奔跑，後面的人見狀後，絲毫不敢大意也跟著起步。不到幾秒鐘，這五十多名選手全部奮不顧身向前狂奔。

「跑啊！快跑啊！」李總大聲嚷著。

球場外的環狀道路，不知道什麼時候，每隔一段距離，早已站好數名工作人員，手持碼表與記錄板，檢視每一名選手是否確實上路。

「開什麼玩笑！怎麼可以一來就被淘汰！」治茂咬緊牙根往前衝刺，心想絕不能還沒開始集訓就被送回老家。

五十多名選手奮不顧身往前奔跑，在球場外形成一幅相當壯觀的場景。

看著一個個工作人員面無表情，一下看著選手，一下又低頭振筆疾書，治茂實在摸不清這個叫做李謙山的恐怖教練，到底在想些什麼。同時又想起元台高中吳俊龍教練說過，李謙山總教練的帶隊作風相當詭異。現在可是應驗了吳教練的說法，大家都還沒有心理準備，一下就來了個震撼教育。

「喂！喂！你發什麼瘋啊！」

還在狂奔的治茂，突然被一把拉住。

回頭一看，原來是盛文高中的劉建仲。治茂不明白他的用意，難道會是因為他不擅長跑步，好不容易才使盡力氣追上治茂。

「喂，林治茂同學，你發什麼瘋啊——」建仲似乎為了追上治茂而顯得氣喘吁吁。

眼看又被幾名狂奔的選手追過，治茂心急如焚，也顧不了建仲的死活，想要加快速度跟上這些人。

「我說——」建仲又一把拉住治茂。「你要不要先冷靜下來，看看那些狂奔的人，和後面那些慢跑的人差異在哪？」

治茂原本還一直埋頭跟著前面一群人沿路狂奔，聽到建仲如此說明後，這下才開始放慢腳步。看看前方賣力奔跑的幾名選手，有的身穿貼身牛仔褲，有的還穿著不適合跑步的皮鞋，即使穿著輕便體育服的選手，個個都是奮不顧身往前狂奔，就像被什麼恐怖魔物追逐似地，一個比一個還怕被旁人追過。

再看看後方，一群選手踏著穩健而有節奏的腳步，看似緩慢，其實也有一定的速度，每個人都依照自己的步伐向前邁進。其中最顯眼的就是南強高中的強棒鐵捕張景勝，帥氣的臉龐，一副老神在在的模樣，似乎完全不被剛才李總的言語威嚇影響心情，輕輕鬆鬆依照自己的呼吸頻率自在前進。

「看清楚吧——」建仲邊調整呼吸節奏邊說著。「前面那些逃命般的人，我直接跟你說也無所謂，我從以前都沒看過他們，只有那個黃什麼的，去年會外賽有遇過，守備還不錯，不過這次應該是第一次入選國手集訓。至於跟我們現在一樣維持慢跑速度的，都是老經驗的選手，根本就不會在意剛才那黑嘴教練的恫嚇言語。」

「喔——」治茂稍微冷靜下來後，確實發現剛才過於衝動，要是沒有建仲即時拉他一把，他恐怕現在還在前面跟那些人爭得你死我活。

「林治茂同學——」建仲露出了淺淺的微笑。「身為運動員要愛惜自己的身體，什麼事都要循序漸進慢慢暖身，你應該也有聽到黑嘴教練說要跑完二十圈，那麼長的距離，當然可以慢慢暖身，再調整步伐啊！」

有別於先前的瘋狂舉動，治茂這下總算露出淺淺一笑。治茂覺得自己在建仲面前顯得過於稚嫩，之前從建仲斯文的外貌判斷，還以為他不過是個地方上不怎麼擅長棒球的新手球員，想不到卻是如此老練，看來還有很多東西能再跟他好好學習。

「林治茂同學，加油吧，希望我們能一起參加集訓囉！」建仲說完拍拍治茂肩膀，隨即和治茂拉開左右距離。

「會的，一定不能就此結束！」治茂回以一個堅定的握拳手勢。

重新調整自己的步伐，治茂內心再也不像先前那般惶恐，即使身旁不斷有人超前、落後，絲毫並不影響治茂的自有速度。

四、五圈過去後，治茂看到之前衝在最前頭的幾個人，已經面部扭曲，扶著自己的腰際慢慢走著。即使身體已經相當不適，這些人怕被淘汰，還是勉強快步前行。

靜下心來，治茂更發現那些手持碼表與記錄板的工作人員，怎麼可能完整記錄五十多名素未謀面的選手，這樣說來嚇唬的成份居多，讓治茂不禁深感自己的衝動與愚蠢。

到了第十圈，一名穿著皮鞋的選手，和三名穿著貼身牛仔褲的選手已經放棄，只是眉頭深鎖停在原地喘息。但也不是所有穿著這類服裝的選手，一開始就全力衝刺。

如同建仲所言，會奮不顧身向前奔跑的選手，大多都是經驗不足的新選手，就如治茂一般，那些穿著貼身衣物的選手，一開始立足點就比別人更為不利，一心深怕會被淘汰，讓這些新手該有的步伐全被打亂。這樣的跑步距離，對平常就有訓練體力的冶茂來說，並不是非常困難，但在李總的威嚇下，經驗不足的他早就亂了分寸，該有的應對表現全都消失殆盡。冶茂不禁懷疑，難道這就是吳俊龍教練時常跟他提起的心理素質不足嗎？

十五圈過去後，那個建仲先前說過叫黃什麼的選手，手撫大腿看似抽筋，接著坐在地上痛苦掙扎。即使想要再次爬起，卻有些勉強，更不用說繼續跑完全程，被淘汰的機率自然已經不在話下。冶茂相當慶幸，即使自己平時訓練得再好，要是按照一開始那種沒頭沒腦的方式，可能還撐不到十圈，就會遭到同樣的命運，好在沒多久就被建仲攔下。

終於到了最後三圈，這時遠遠可以看見消失已久的李謙山總教練，竟又出現在棒球場門口，冷眼看著這一切。

冶茂再次經過球場門口，已經看到兩、三名選手蹲在行李放置處，收拾自己的球具，準備打道回府。還有一、兩名同樣被淘汰的選手，圍著李總似乎想要求情，但李總只是一把甩開，便頭也不回直接遠離。

「教練、教練！拜託、拜託！」

耳後傳來那幾名選手的苦苦哀求，不過冶茂也不想回頭多看，最後究竟會不會落入那樣的命運，自己也不敢保證，但他很能理解那些慘遭淘汰的選手，會有什麼樣的痛苦心情。當初那樣風風光光入選國手初選，或許也像冶茂一樣，並沒有受到所有人的祝福，但至少也算是一件光榮的事。如果才來報到第一天，連球場都還沒踏進，就被這樣無情趕走，又該如何向老家的親友交代。

「林治茂同學，幹得好，要加油啊！一起進國家隊打球吧！」

建仲不知何時，出現在治茂身旁，並對治茂豎起大拇指，隨後加快步伐遠離。

治茂還以微笑之際，這才驚覺已進入最後一圈，所有還在跑步的選手，一致加快步調，進入最後衝刺。

眼見身旁的人無不卯足全力，治茂突然覺得狀況有些不妙，內心更是無比焦慮，顧不了小腿肌肉的酸痛僵硬，咬緊牙根加快自己的踏步頻率。當身後選手一個接著一個，以飛快的速度接連超越，治茂再也無法鎮定，使盡全力作出最後衝刺。

「呼，可惡——」治茂咬牙低聲唸著。「不能就此結束，才不要被元台高中的學長看扁！」

懷著不願被學長們藐視的強烈意志，治茂在不知不覺中已超過了跑在前頭的建仲。建仲看到治茂進入最後衝刺，那雙堅定而勢在必得的眼神，也讓建仲有些驚訝。

「加油，剩最後半圈了！」建仲豎起拇指說著。

建仲畢竟還是老手，而且打從一開始就分配好每一圈的速度，這時還保留很多體力足以進行最後衝刺。

看著建仲逐漸遠去的身影，治茂不管再怎麼努力也追趕不上，不禁懷疑難道這就是自己與建仲這種老手的遙遠差距？

不久後，建仲已經抵達終點，不僅僅是他，那些諸如張景勝的老經驗國手，早已在當初置放行李的終點處，好整以暇來回慢走，並隨著慢走步伐調整呼吸。

治茂眼見又有一人從自己身邊穿過，隨意一瞥，這才發現後面已經全無其他人影。即使心急如焚，但身體的疲憊和緊繃，讓治茂再也使不上力氣，只能眼睜睜看著超過他的那個人抵達終點。

「呼呼——」

好不容易抵達終點後，治茂已經累得不成人形，很想直接以大字人形躺在地上。不過畢竟他也算是運動選手出身，知道此刻不能馬上停下，必須進行收操動作。

「喔，看來你是最後一名——」

一個低沉的聲音，冷不防從治茂身後傳來。治茂回頭一看，才發現李總不知道什麼時候早已站在他的身旁。

「你是哪個學校，叫什麼名字？」李總問著。

「我——我——」治茂一臉慘白，只是不停喘息。

治茂相當猶豫該不該回答，深怕報出姓名後，再來就會被李總直接宣判出局。

「我的問題你不回答嗎？」李總繼續追問。

即使治茂完全無法看清李總深藏在墨鏡之後的眼神，還是可以從語調中深深感受到他的不悅。

治茂回頭一望，確實再也沒有其他選手。當然，他也不能算是最後一名，因為先前很多位中途放棄的選手，早已慘遭淘汰。

李總似乎看穿治茂的心思，開口大聲斥責著：「還看什麼看！懷疑嗎？我說你是最後一名，就是最後一名，還有什麼好懷疑的！」

「我是──」治茂吞了一口口水，緩和一下緊張的情緒。「我是元台高中的林冶茂──」

李總聽了以後嘴角微微上揚，什麼也沒有說，只是邊搖頭邊離去。

看到李總的搖頭模樣，治茂心裡也有個底，但他不願像之前那幾名被淘汰的選手，低聲下氣向李總求情。畢竟最後這種哀兵之計，對於這個行事作風詭異的魔鬼教練，一定沒有任何用處。

治茂感到雙腳異常沉重，但這樣的倦怠似乎也比不上內心的沉重。

──難道就這樣被淘汰了？

一旁的建仲看到治茂一臉茫然，但不知道該怎麼安慰，也就不敢過來多作交談，只能任由治茂繼續呆立原地。

李總爬上路口階梯，等到站上一定高度後，開始對選手高喊著：「各位『準』國手們，恭喜你們通過第一場小小的熱身，不適合的人選，該走的都已經走了，大家現在可以先把行李放到旁邊那棟球員宿舍大廳，半小時後公布宿舍名單，然後再一小時後換上球衣在球場集合！」

宣布完畢後，眼看李總就要轉身離去，卻又想起什麼似地，繼續交代一句：「請記住，我剛剛還是說『準』國手，你們應該知道我這『準』字的涵義！」

不願再看到李總的詭異笑容，張景勝一手扛起行李與球具，直接往球員宿舍方向走去。幾個人見到有人帶頭，也緊緊跟隨景勝的沉穩步伐。

目送這些選手一一離去，冶茂也拿起自己的行李，卻不知道該往何處前進。

「喂，那個最後一名元台高中的，你要去哪裡啊！」

原本已經準備離開的冶茂，又聽到李總低沉的聲音。

「啊？」冶茂不太明白李總這句話的用意。

李總伸手指向宿舍，並語帶激動說著：「你搞什麼鬼啊，球員宿舍在那個方向，你是要去哪裡啊。這麼想被淘汰，那就快滾吧！」

「咦？教練的意思是說——」冶茂睜大雙眼說著。

「哼——」李總沒有理會冶茂的提問，轉身就往反方向離去。

「哇塞，林冶茂同學，我們還真有緣，竟然分到同一個房間！」建仲開心地說著。

冶茂此時仍心有餘悸，只是攤在床上，兩眼無神直視上方。

球員宿舍就在於棒球場附近，大約只有步行五分鐘的短暫距離，原本是用來供應國際賽各國選手歇息住宿之用，但基於種種原因工程並沒有正式完工，但該有的基本設備也算齊全，後來也就被拿來作為國內基層棒球集訓的選手宿舍。

在學生棒球協會員工的分配下，治茂好巧不巧和建仲分到了同一個房間，因而成為室友。選手宿舍雖然簡陋，但該有的水、電設備還是一應俱全，而宿舍房間兩人一室，並配有兩張書桌與上下兩鋪。治茂在漫長的跑步測試後，早已精疲力盡，很自然一進門就直接倒在下鋪休息，讓建仲只能選擇剩下的上鋪。

「我說，林治茂同學，你還好吧？」

建仲眼看治茂一直沒有回應，直接從上鋪探頭出來問著。

「哈哈——」治茂從上鋪邊緣看到建仲的身影，這才從發呆狀態中回過神來。「我、我很好啊！」

「真的嗎？唉，沒什麼好怕的啦！別被那黑嘴教練嚇到啦——」

「唉，你說得輕鬆——」治茂尚在大口喘息，停頓了好一會兒，才又繼續開口。「我那時候可是真的以為跑成最後一名會被教練淘汰，當然是嚇死我了——」

「話說回來，林治茂同學的體力還可真好，我那時候還真擔心你會被淘汰。不過看來當初那個黑嘴教練真的是在唬人，其實只要能跑完，都不會被趕走，那些因為被嚇唬而淘汰的選手，想想還真可憐。我就想說選一堆人來，總不可能說淘汰就淘汰，還好走的人感覺實力本來就不強，不然我們明年國際賽的陣容，如果因為這種篩選方式而殘缺不全該怎麼打？」

治茂沒有回應，畢竟要不是有建仲的好意提醒，自己一定也是名列在那張標記實力不強的淘汰名單中。

「咦？」冶茂突然雙眼微睜問著。「建仲兄那麼確定自己會入選國手嗎？」

「嗯——」建仲再次從上舖探出頭來。「該怎麼說呢？因為到目前為止也只有國小少棒那次最後沒有入選，後來一直都是國家隊一員，如果沒意外應該會入選吧？只是能不能先發我就沒有把握了——」

「說得也是，我看建仲腳程快，體力又好，臂力應該也不錯，應該是外野手吧？」

「啊？林冶茂同學——」建仲顯得有些失望。「你是真的不認識我嗎？真難過——」

冶茂見狀後趕緊打著圓場：「沒有啦、沒有啦，我們元台一直沒打進會內賽過，所以很孤陋寡聞，還請見諒啦！」

「哈哈——」建仲吐吐舌頭。「這也沒什麼大不了的，幹嘛那麼緊張，這告訴我應該還要更加努力——」

「不是這樣啦！」

「哇，只顧著聊天——」建仲看了看手錶。「剩十五分鐘就要集合了，趕快換上球衣吧。這個黑嘴教練雖然很愛唬人，不過感覺還是跟以前遇過的國家隊教練不太一樣，誰知道又會玩出什麼花招，還是小心一點，先觀察為妙。」

建仲才剛說完，便一展俐落身手，從上舖迅速爬下，但還沒到底早已有些不耐，直接先從梯子上一躍而下，一點也感覺不到任何疲憊。

看到建仲已經開始動作，治茂即使還想繼續休息，也只能心不甘、情不願爬起身來。

不到三分鐘，建仲早已換上盛文高中的深綠色球衣，胸前寫著大大的「盛文」兩字。這是治茂第一次看到盛文高中的球衣，印象中這間學校也是前八強的棒球強校。

「哇塞——」建仲指著治茂剛換上的球衣，並發出了讚嘆。「你們元台高中的球衣真酷耶，看起來好像中華隊的主場球衣！」

治茂露出得意的笑容說著：「是啊，我也很喜歡我們學校的隊服，紅白藍的配色，聽說就是故意參考中華隊的球衣。」

「很酷喔！」

「哎呀，聽說當年設計的學長，就是故意想用這種看起來很像中華隊的隊服，來騙騙想穿上這套球衣的新生加入球隊，但老實說這樣也有很大的困擾——」

「啊？這樣會有什麼不好？」建仲一臉疑惑。

「唉——」治茂輕嘆一口氣。「我們這幾年若被大比分提前結束，身穿這種看起來就像中華隊的球衣，反而讓場面更為難堪——」

「哈哈，你想太多了啦！看你穿成這樣，就知道一定會入選國家代表隊，去唬唬看那個黑嘴教練說你是中華隊的！還是入選以後也不用再訂作中華隊球衣，直接穿這套去打國際賽就好——」

「怎麼可能，能不能過得了今天，都還是問題——」

治茂雖然嘴上這樣說著，心裡卻想著無論如何一定要撐完這次集訓，就算只能當候補也好。不管怎樣至少一定要拿到一套屬於自己的中華隊球衣，這個所有棒球選手都夢寐以求的榮耀。

等到兩人整裝完畢，進入洲際球場後，才發現所有人早已到場，並在場邊做起熱身運動，更有一些進度超前的人，已進行到傳接球練習。

在場的四十多名選手，各自換上所屬學校的球衣，讓場面顯得五彩繽紛，有紅的、黃的、綠的，各種配色都有，形成一幅平時只能在運動誓師大會才能看到的奇妙場景。

「林治茂同學——」建仲揮手說著。「我們也來熱身吧，等一下如果還有時間再一起練練傳接球。」

治茂點點頭，並開始隨意揮手做起暖身，卻沒注意到身後的一名選手，就這樣好死不死打在他的身上。

「啊、啊，不好意思——」治茂還沒摸清究竟誤打了誰，就趕緊先彎身道歉。

「咦？景勝學長——」一旁的建仲吃驚地叫著。

治茂猛一抬頭，映入眼簾的是黑色上衣、白色球褲的隊服，還有那人胸前大大的「南強」兩字，接著就是張景勝的憤怒表情，身後還跟著兩名很明顯就是跟班的同校選手。

「學長，對不起、對不起！」治茂不敢再多看一眼，只是低頭繼續道歉。

「你、你是元台高中的！」景勝本來深鎖的眉頭變得更為緊密，就快要連在一起。「你該不會就是那個林治茂吧！」

「嗯——」治茂完全不敢抬頭，只是小聲回應。

「幹！你還有臉出現在我面前！」景勝運用身材高大的優勢，一把抓住治茂的衣襟，這下使治茂不得不抬起頭來。「你這種人為什麼可以入選國家隊！」

面對如此暴怒的景勝，治茂也不知道該如何是好，只能任憑景勝怒目相對。

「學、學長，對不起——」治茂除了道歉以外，也想不出別的辦法。

由於景勝一直都是國家隊的主力捕手，在高中棒球界中算是最有名氣的球星，一下就引來所有選手的圍觀。

建仲似乎與景勝算是舊識，趕緊向前打打圓場說著：「景勝學長，息怒啊，林治茂同學他也不是故意的啦——」

「不是故意的？」景勝瞪大雙眼說著。「那這次為何又無緣無故打我一拳？」

景勝見到治茂完全沒有回應，只是愈看愈氣，伸出緊握的右手，一下就朝治茂左臉揮了下去。

「嗚嗚——」受到重擊的治茂，一個重心不穩跌坐在地，沒多久又被景勝一把抓起。

雖然並沒有傷到治茂的眼睛，但景勝的力道實在太強，打得治茂左眼不由自主流下生理反應的疼痛眼淚。

「學長，對不起——」治茂儘管眼淚直流，卻還是不知道該如何是好。

景勝並不打算就此放過治茂，強而有力的胳膊，勒得治茂快要喘不過氣。

「學長，別這樣嘛——」建仲神色慌張左顧右盼。「你看總教練來了啊，有什麼仇以後再說啦！」

建仲所言不假，遠方已經看到李總換上印著CT的中華隊藍白球衣，從球場入口處慢慢走來。

「哼！林冶茂你給我小心點！」景勝說完後，重重甩開冶茂。

「發生什麼事嗎？」

李總低沉而可怖的聲音，先從遠處傳了過來，隨後那戴著墨鏡的神祕身影，一下就出現在眾人面前。

「沒什麼事，只是我們選手間互相認識一下。」一名身穿黑衣白褲的南強選手，若無其事般地說著。

「哼——」李總對於這樣的答案根本不屑一顧。

「對啊、對啊，大家有些都是老朋友，好久沒見面，難免有些興奮！」另一名他校選手繼續圓謊。

眼看根本沒人敢說出剛才爭吵的事實，不難判斷景勝在隊上的地位是何其重要，或許更可以說，他算是隊上地位最為崇高的老大哥。

「嘖——」李總看到冶茂後，顯得非常不悅。「你這個元台的是怎麼搞的，不但之前跑步最後一名，現在連衣服都不知道該怎麼穿嗎？還弄得那麼髒！還有，你的臉又是怎麼一回事？」

冶茂顯得相當猶豫，遲疑了好一會兒，才又開口說著：「報告教練，剛剛練傳接球時，不小心被K到了——」

見到冶茂先被教練無情數落，後頭自己又說出莫名其妙的誇張解釋，一旁看好戲的選手，包括景勝在內，全都露出無情的訕笑，只有建仲一人面有難色。

冶茂低頭看看自己的球衣，上衣開襟最上頭的兩顆扣子，已經在剛剛的衝突中扯斷；垂下的左衣襟，讓內衣露了出來，看起來相當不雅觀；褲子則因先前跌坐在地，沾滿了球場紅土。

「這種人怎麼會入選國家隊啊，真奇怪，接球都有問題，怎麼還不被淘汰？」

景勝刻意裝作自言自語，但其音量之大，李總想必也不難聽見。

「哼——」李總點點頭，轉向景勝說著。「張景勝，我當然知道你，每個時期的學生棒球代表隊，都少不了你的身影，但你強不代表你就一定是老大！」

李總接著轉身掃向在場所有選手，並開始大聲喊著：「各位『準』國手給我聽好，不管你們球技有多好，都不保證你們最後會入選。在這裡能決定你們去留的，就只有我青棒國家代表隊總教練李謙山，我才是老大，知道了嗎！」

「是！」幾個人有了先前的經驗，趕緊大聲回答。

「其他人是啞巴嗎？」李總再次大聲喊著。「知道了嗎？」

「是！」

這次幾乎在場的人全都一起放聲答話，竟在偌大的洲際棒球場中產生回音。

等到這陣響音消失後，李總只是來回掃視沒有言語，讓一股莫名高壓強襲而入，但一下被突兀的笑聲打破了恐怖的靜默。

「噗，真白癡——」一名南強高中的選手忍不住笑了出來。「都什麼時代，有必要這麼八股搞笑嗎？我才不信我會被淘汰！」

這名不知好歹的選手，體型高大、肌肉結實，強壯的手臂更是粗得驚人。

「哈哈哈！真的很白癡喔！」李總跟著縱聲大笑，但一瞬間卻又怒不可遏。「南強徐國宇你給我站出來！」

這名叫做徐國宇的選手還沒站出來，周圍的人看到李總異常憤怒，早就下意識退開三步。徐國宇似乎被李總的反應嚇到了，遲遲不敢前進。見到徐國宇依舊沒有動靜，李總直接向前朝他連甩了兩個耳光。

李總抓住徐國宇的衣領狠狠說著：「你很厲害是不是？當過青少棒國際賽的全壘打王嘛！你真的以為自己很了不起嗎？好像國家隊非有你不可嗎？」

「教、教練，對、對不起——」徐國宇臉色發白，以極為哭喪的語氣說著。

不過李總的神情突然又變得相當緩和，鬆開揪住徐國宇的手，並語帶輕柔說著：「南強在台南，你家是不是也住台南？」

「是——」徐國宇小心翼翼答著。

「哈哈哈——」李總又發出了不懷好意的笑聲，從口袋中掏出皮夾，並抽出幾張鈔票。「這三百塊夠不夠你回家？」

面對李總如此輕柔的語調，徐國宇整個人不停顫抖。

李總直接把三百元塞進徐國宇手中，再次輕聲說著：「你被淘汰了，國家隊不需要你這種自大自滿的人，你可以回家了！」

「教練，我想我們需要國宇的攻擊火力──」

景勝有別先前的凌人銳氣，為了替同校選手求情，姿態擺得很低，或許誰也沒料到李總會玩真的。

「哼──」李總冷哼一聲。「我說過的，球技再強也不保證一定入選，決定去留的人是我，現在還有疑問嗎？」

「沒有！」景勝神情凝重大聲答著。

「很好──」李總滿意地點點頭。「不過，徐國宇，怎麼還不走，我叫你滾是聽不懂嗎？你以為我在開玩笑嗎？」

李總音量逐字放大，徐國宇卻還是動也不動。見到徐國宇依舊呆立原地，李總直接向前揪住徐國宇衣襟一路拉走。原本氣勢凌人的徐國宇眼淚已經潸然而下，頻頻伸手拭去淚水，和他高大的體型相當不襯。

「教練──」景勝向前追去想要制止。

李總沒有停下動作，只是語帶恫嚇警告著：「張景勝，除非你也想一起滾蛋，不然我勸你不要跟過來，不聽我指令的下場，你自己看著辦！」

景勝聽到李總這樣的威嚇，也只能駐足不進。

被李總拖行一段距離後，徐國宇已經不再掙扎。一個將近成年的高中生，像個小孩一樣邊走邊哭，朝著球場出口方向緩緩走去，讓在場的其他選手看得心裡也是相當難受。

目送徐國宇的難堪身影離去後，李總再次鄭重向眾人宣布：「在我的帶領下，球隊目標只有一個，那就是冠軍。我不是要你們不擇手段取勝，但在我的帶領下，就是要你們拿第一。我的目標不只是要你們明年青棒國際賽拿第一，而是要你們以後進入成棒也拿第一。不要覺得不可能，我們資質並沒有那麼差，但是環境不如人，先天體型也不如西方國家，這種差距到成棒就更大了。如果團隊精神和拼勁還比不過別人，那根本就不用打了。棒球就是這樣，能夠出現以小搏大，以弱搏強，就是在於拼勁，在於意志力！」

聽著李總的嚴肅話語，在場所有選手動也不動，全都立正站好。

李總繼續大聲喊著：「為什麼一定要拿第一？很抱歉，這就是國人的期許。在台灣，棒球才不是什麼狗屁國球；在台灣，所謂的國球就是『贏球』！所謂的國家代表隊就是要拿第一，才能坐飛機光榮返鄉，沒拿第一就是屁、就是國家罪人、就是民族恥辱，等著自己偷偷游泳回家，懂不懂！不要覺得不可思議，這就是你的國家，你的親人，你的朋友。請永遠記住，你是台灣人，不是美國人，不是日本人，更不是韓國人。不用去羨慕別人的環境有多好，福利有多棒，就算你以後有本事移民，他們還是當你台灣人。不用懷疑，也不用抱怨，這就是你們以後所要面對的殘酷環境！」

聽到李總這番激動的言語，所有人都感受到一股前所未有的壓力，深深緊迫胸口，好似再也無法喘息。

「以上宣布完畢——」李總停頓了好一會兒，才又繼續開口說著。「等一下就自主練習，十二點準時在餐廳集合，下午再正式開始集訓！」

李總說完後，先是扶了扶墨鏡，接著轉身離去。

儘管李總的身影已經消失，但所有選手還是不敢輕舉妄動，繼續站在原地。

冶茂之前被景勝所揮擊的左臉，雖然還是紅腫發燙，不過此刻內心的無比沉重，卻已經掩蓋生理上的疼痛。雖然從來沒有入選過國家代表隊，但這次的集訓似乎對一些老國手來說，也是一番震撼教育。即使對於剛才李總的那些話語，並不能完全認同，但對冶茂而言，已經顛覆以往接觸過的傳統想法，難道這才是所謂國家代表隊？

◎第四棒：最弱就是最強？

「嘿嘿嘿，科展進行得還順利嗎？」治茂躺在球員宿舍的下舖，小聲講著手機。

「科你的頭啦，干你屁事！集訓進行得怎麼樣？」

手機的另一端傳來巧歆兇悍的聲音，平時溫柔婉約的巧歆，只要一遇上治茂就會變成這副模樣。

「呼——」治茂邊說邊伸了一個懶腰。「也沒怎麼樣啊，當然很順利，今天下午都在進行體能訓練，明天也許就會正式分隊練習。」

「是嗎？我看你這惹人厭的麻煩鬼，一定拖累大家，搞不好又被人排擠——」

「妳屁啦，我可是遇到一堆高中棒球明星，那個高中最強捕手張景勝也有來呢！他還記得我耶，而且還好好跟我『打』了招呼！」

治茂摸摸自己還有些紅腫的左臉頰，想想國家隊確實是由高中棒球明星所組成，但治茂竟然也只認出當年自己初登板後援時，與他對決的強棒景勝。

「是嗎？」巧歆語帶質疑說著。「怎麼聽起來怪怪的，是不是在騙我？」

「唉，不信就算了，我可不會這麼輕易被任何困難擊倒的，哈哈哈——」治茂言不由衷地

笑著。

「算了，算了，我還是去忙我們的科展比較實際，不要浪費林媽媽的錢，趕快掛電話吧，再見，逞強鬼！」

冶茂掛斷手機後，繼續倒在床上，不過經過下午的體能訓練，身體早已疲憊不堪，肚子更不時發出聲響，彷彿就是腸胃不斷發出補充燃料的求救訊息。

「喂，建仲兄——」冶茂爬上床邊梯子，上去搖著早已鼾聲大作的建仲。「該起床囉，晚餐時間到了，哈囉，起床囉！」

「喔，吃晚餐了啊！」建仲張開睡眼惺忪的雙眼，緩緩起身看看手錶。「哇塞，已經六點半了啊，想說躺一下子，就過了一個小時——」

建仲可能不知道，自己不但一下就入睡，還進入沉睡狀態。可以想見，即使體力和經驗都相當優異的建仲，還是對於下午的體能訓練有些吃不消，更何況是已經接近累癱的冶茂。不過冶茂並不是沒有睡意，而是飢腸轆轆使他難以入眠小歇，才會打電話給巧歆，藉以稍微排解等待晚餐的漫長時間。

「林冶茂同學，等等我，我還要換一下衣服——」

建仲身上還穿著下午體能訓練時的盛文高中深綠色隊服，但一下就甩掉瞌睡蟲，攀上梯子靈巧爬下，並於途中再次一躍而下。

兩人換上輕便服裝後，便一同前往球員宿舍餐廳用餐。

還沒走進餐廳，就已遠遠聞到晚餐的撲鼻香味。

「嘿嘿，感覺很好吃！」治茂迫不及待想要踏入餐廳。

一進餐廳，卻發現狹小的空間早已擠滿人潮。治茂趕緊拿著餐盤，準備前往自助餐盤區夾菜。

「咦？」

治茂原先準備向前排隊，見到某個身影又往後退了回去。即使景勝換上便服，治茂還是能夠一眼認出那個高大壯碩的背影。

「建仲兄，你先請吧——」治茂小聲說著。

建仲原本還覺得有些突兀，轉身看見前頭的景勝，一下就明白了治茂的用意。

「林治茂同學，別緊張啦，等一下我陪你一起坐在那邊的角落用餐，安啦！」

建仲盡可能表現出若無其事的模樣，希望治茂能夠就此放心。

在確認景勝一行人已經夾完餐點就坐後，治茂才開始進入排隊隊伍，藉此避開與景勝碰頭的機會，不過也因為這樣的迴避，反讓他成為最後一個夾菜的人。

六道原本滿滿的餐盤，經過一群野獸摧殘後，早已所剩無幾。即便如此，治茂還是可以遠遠看到最後一道餐盤，是鮮嫩多汁的炸雞排。

不過就在治茂前一名同學夾完後，最後一道雞排餐盤竟變得空空如也。餐盤邊緣還特別用夾子夾著斗大的牌子，上頭寫著：一人一塊。

——是煮飯的阿姨算錯人數嗎？

治茂相當失望，看著自己餐盤內所剩無幾的「菜尾」，再加上原本滿心期待的雞排，竟然就這樣不翼而飛，真令他難過不已。

「是誰多夾一塊雞排？」

夾完最後一塊雞排的那名同學，發現後頭還有人，便大聲喊了出來。

——原本熱鬧哄哄的餐廳突然安靜下來。

不過就在大家發現沒有雞排可吃的人，竟是那個莽莽撞撞的治茂後，有人開始放聲大笑。

本來大聲質疑的那名同學，回頭發現苦主是治茂後，似乎有些後悔自己先前的仗義舉動，裝作什麼事也沒發生般，逕自走向餐桌空位迅速坐好。

「活該啦，國家代表隊的累贅！」

「哼，好狗運的傢伙，怎麼每次接近淘汰邊緣都苟活下來！」

「他到底怎麼入選的啊，是不是靠關係進來的？」

「今天下午要不是他一直跟不上體能訓練，我們也不會一直重複被操！」

大家開始你一言、我一語大肆抱怨。

「嘖嘖，別這麼說，不要忘了教練說的，『要把最弱的一起帶上進度！』」

這名說話的同學，為了戲劇效果，甚至還離開餐桌面向大家，模仿李總下午的動作，惹得大家哄堂大笑。

「什麼最弱的，淘汰他不就沒這問題了？」

眾人聽到這句諷刺話語，又再次笑了出來。

坐在餐廳最內側的景勝，始終不為眾人起鬨所動，只是冷冷盯著治茂。

「林治茂同學——」建仲看到大家似乎不是很喜歡治茂，也覺得有些難堪，只是招手輕聲叫著。「這邊，這邊——」

治茂尋著聲音來源，在餐廳最外側的座位，找到了建仲的身影。但原本還不斷竊竊私語、繼續數落治茂的其他同學，突然間安靜下來，讓治茂也感到有些不太對勁。

就在治茂快要走到建仲面前時，突然被一隻強而有力的大手一把拉住。

「喂，元台的，你為什麼沒夾雞排，不是一人一個嗎？你不喜歡吃嗎？」

不知道什麼時候，李總竟然出現在治茂身後，原來剛才大家突然一片寂靜，就是因為李總的現身。

「嗯——」治茂歪頭苦思著。「也不是不想吃啦，可能是人數不好抓，煮菜阿姨沒算好，剛好少炸一塊。也不能怪阿姨啦，要是我來弄的話，一定也會算錯，哈哈——」

李總掃向前方四十名選手，突然大聲吆喝著：「現在通通把手上的筷子、湯匙放下，沒有我的命令，通通不許擅動！」

聽到李總的號令，啪啪幾聲，沒一會兒，所有人動也不動端坐在位置上。

治茂覺得有些後悔，應該回答已經吃過，才不會引來李總接下來的大動作。雖然李總等會兒要進行的「大地震」應該與他無關，但難保其他人也會如此思考。

李總神情嚴肅大聲喊著：「我很清楚你們現在就只剩下四十人，下午體能訓練撐不過的、沒有意志的，早就已經回家，現在就是你們四十人。我也清楚交代過廚房，今晚慰勞你們第一天趕路與下午的辛苦操練，才特別準備這四十塊雞排，我還親自點過數量，不可能會錯的！唯一的可能性，就是你們有人偷夾了兩塊！」

餐廳內仍呈現一片死寂，沒人敢發出任何聲響。

李總以極為銳利的眼神，掃向在場的所有人，接著開口吼著：「是誰多夾一塊的，趕快承認！餐盤上面特別標示『一人一個』是寫假的嗎！」

眾人你看我、我看你，卻還是沒有人敢承認。

治茂露出苦笑，以極為委婉的口吻說著：「教練，會不會真的是廚房那邊出錯了——」

「你給我閉嘴！這裡沒你說話的份！」李總一把推開礙事的治茂。「好，很好，沒有人要承認是吧？同一桌的人會不知道嗎？不給我檢舉出來，等一下一起算帳！」

站在李總身後的治茂，望向前方其他三十九名選手，各個面色極為凝重，更有人懾於李總的威嚴，根本不敢抬頭與李總四目交接。

「好、幹得好！」李總繼續怒吼。「還是沒有人要承認、沒有人要檢舉嗎！你們感情真有那麼好，可以這樣互相包庇嗎？」

李總話剛說完，突然一腳踹開前面的圓型鐵板凳，板凳受到撞擊發出了清脆聲響，讓前排的人嚇得打了陣哆嗦。
「當我瞎子是不是？當我不會自己查出來嗎？」
李總開始走向選手的餐桌，一盤接著一盤，仔細地查了起來。氣氛之凝重，連已經通過檢查的選手，都還是冷汗直流。
治茂偷偷瞄了景勝一眼，即使上午同校的強打徐國宇已被李總無情趕走，景勝從那之後反倒一直神色自若，只是冷眼觀看集訓中的所有事物。
——會是景勝學長嗎？
治茂搖搖頭，實在不太可能。即使景勝多麼討厭治茂，也不至於會做出這種既不光明又不磊落的小動作，或許真的是哪個貪吃鬼多夾了一塊，但這絕不會是景勝學長的豪氣作風。
李總走著走著，突然在其中一桌停下腳步。
這一桌的四名選手全都低頭不語，各個臉色異常發白。
「哼——」李總揪住其中一名選手的衣領，並把他拉離座位。「好小子，就是你嘛，穀沼陳育航！」
「教練，不是這樣，那是、這個——」
這名叫做陳育航的選手，已經嚇得語無倫次。
李總俯身檢視陳育航的餐盤，一塊完好的雞排大喇喇擺在餐盤上，如果沒有仔細查看，還很難發現另一塊已被吃得精光的雞排骨頭，藏在白飯之中。

「教練，那個——」陳育航欲言又止。

「哼——」李總狠狠瞪著陳育航。「你想說那是別人栽贓給你，還是說你這塊雞排很特別，會有兩塊那麼大的骨頭？」

「我——」陳育航再次嘗試開口，卻還是擠不出半句話來。

這時李總突然朝餐桌重重拍了下去，並大聲吼著：「其他同桌的三人也給我站起來！」

這驚人的吼音還沒結束，其他三人早已迅速起身。

李總以極為嚴厲的口吻說著：「陳育航，你住台北吧？還有你，就住台中；你在屏東，你在嘉義，這我都很清楚！」

治茂可以想見這四人的悲慘命運，這種場景今天已經看過不下十次。

「回去吧！四個人都給我滾回去！」李總奮力指向這四人。

「教練，可是這個跟我們又沒有關係，是陳育航自己多夾一塊——」

一名選手語帶不滿說著。

「喔，難道我剛才沒有給你們機會檢舉嗎——」李總憤恨地說著。「別跟我說夾了兩塊雞排，你們同桌的人會看不出來？怪我囉，沒有其他更好的理由，就都給我滾！國家隊不需要你們這種不誠實的人！去大廳跟學生棒球協會的工作人員領你們的車資，那都是我李謙山自掏腰包送你們最後一程的！」

聽到這樣的話語，剛剛那名發出抗議的選手，早已怒氣沖沖，強拉呆立原地的陳育航離去，並在踏出餐廳大門前回頭大喊：「神經病教練！我就不信你把一堆表現優異的國手都趕回家，能打出什麼好成績！沒有陳育航我就不信你們投手陣容能多完整！」

其他兩個也被除名的選手，先是狠狠瞪向李總，緊接著也跟上陳育航的腳步離去。

「哈哈——」李總只是雙手一攤，接著露出了詭異的笑容。「滾吧你們！」

看到四人身影消失後，李總這才轉過身來，並板著臉孔說著：「你們應該覺得很奇怪，為什麼好像一堆優秀選手都被我趕走？事情可大可小，我不會無緣無故把人趕走。我這十幾年帶過多少選手，出國打球的、在職棒的、殘廢的、一蹶不振的，當然也有涉入簽賭假球案的廢物！別以為我小題大作，今天能夠這樣不誠實興起貪念，事後還不承認，以後一定也可以毫不在乎事情嚴重性而涉入簽賭假球。還有其他三個知情不報的同桌選手，別以為事不關己就可以安全脫身。我要你們了解，不要認為就算知道隊友打假球、幹壞事，只要自己不碰就沒事，某種程度一樣是幫兇，我不需要浪費時間教導這樣的問題選手！」

原本情緒激昂的李總，這時又突然改以緩和語氣說著：「當然，我只是要他們回家好好反省，並不是說他們以後一定會打假球。高中的人格還有可塑性，但高中以後幾乎就決定了一個人一生的品格。相信我，不管我趕走多少戰績輝煌的超級選手，只要跟著我，最後還是會拿冠軍，而且不只是明年的國際青棒賽，目標是以後的成棒國際賽！不相信的現在就可以回家，車錢一樣我李謙山包下！」

李總說出最後一句話時還拍拍胸脯，不過在場剩下的三十六名選手，即使內心再怎麼不服氣，還是沒人敢真的就此離去。

「很好——」李總環顧四周，並露出滿意的笑容。「各位『準』國手們，就好好用餐吧，明天還有一整天的訓練等著你們！以上，報告完畢！」

李總這次說完後總算轉身離去，等到這恐怖的身影完全消失後，原本一直站在原地的冶茂，這才敢放心入坐。

不過就算後來李總早已離去多時，餐廳內始終呈現一片死寂，只有碗筷聲響此起彼落。

原本飢腸轆轆的冶茂，即使美食當前，不知道為什麼，卻覺得有些食不下嚥。

「喂，元台的，這麼晚還在這裡鬼鬼祟祟，你還不睡嗎？」

一直專注在球場草皮上的冶茂，被這突如其來的呼喊嚇了一跳。

「哇塞，同學你也行行好吧，真是嚇死我了！」

冶茂驚魂未定，不過回頭仔細一瞧，這個男孩竟然手持球棒扛在肩上，一臉殺氣騰騰的模樣，讓冶茂下意識往後退了一步。

「同學，有話好說，有話好說——」冶茂雙手微微顫抖，右手握住的手電筒，竟不經意掉落地面。

——雖然下午的幾項體能訓練，治茂因為程度有些不足，拖累了不少人，不過也還不至於結下深仇大恨，難道這又是誰要藉機尋仇嗎？

「咦？」這名男孩循著治茂所看之處望去，這才發現自己扛著球棒的動作讓人產生誤會，趕緊將球棒放了下來，並露出極為尷尬的苦笑。「喂！喂！林治茂，別鬧了，我怎麼可能會——」

「啥？」

治茂努力回想，這個人到底是誰，怎麼一點印象也沒有，他竟然還知道自己的名字。治茂彎身撿起掉在草皮上的手電筒，藉著微弱的光線，再次仔細打量眼前這名男孩。這名男孩身高大約一百七十五公分，體型結實，長相十分粗獷，不過由於滿臉坑疤，讓外表看起來可能比實際年齡要老上一些。

「喂——」這名男孩顯得有些不悅。「難道你真的不知道我是誰，我可是你們元台高中死對頭，中開高中三年級的隊長施長義啊，我一直很注意你耶！」

「喔——」

治茂總算想起這號人物，是中開高中以全方位打擊角度和靈巧守備見長的內野手施長義，其名號在元台高中也相當響亮。不過要說中開高中和元台高中是世仇，好像也有些悲哀，因為兩所高中這幾年都只能在高中棒球聯賽會外賽激戰，根本就打不進會內資格賽。

「嗯——」長義停頓了一會兒才又開口。「也不能說一直很注意，應該說來集訓後就一直很留意跟我一樣算是意外入選的成員，而且你們學校王牌投手洪奇興沒入選，真的讓人太意外了——」

治茂只是尷尬地笑著，已經不知道因為奇興的意外落選，讓自己被虧了多少次。

「不過話說回來，長義學長，這麼晚了，大家都已經睡了，怎麼還拎著球棒在球場遊盪？剛才真是嚇到我了——」

「我才想問你為什麼拿著手電筒在這裡鬼鬼祟祟？」

「哪有啊，我在找早上掉在草皮上的上衣鈕扣——」治茂從口袋拿出了一顆小小的鈕扣，就是上午集合前，被景勝學長一陣扭打所脫落的球衣鈕扣，不過至今仍有一顆下落不明。

「哇啊，這樣還真的給你找到一顆？」長義覺得治茂的舉動實在令人匪夷所思。

「唉，也沒辦法啊，集訓進度都排得滿滿的，根本就沒時間跑來這裡慢慢找，而且主要也想低調一點掩人耳目，免得又要被其他人東刁西刁。雖然明天不用穿正式球衣練習，要是哪天又需要穿正式服裝，那我不就要被教練罵死！」

「嘖嘖，好可憐的學弟——」長義搖搖頭。「我看你真的因為當年的那件事，跟南強的張景勝結仇結大了，難怪他會那麼激動，不過我能體會他的憤怒——」

治茂低頭不語，表情顯得相當懊悔，不過事情都過了快一年，當時也不是故意的。

長義突然斂起笑容，緊盯治茂開口說著：「不過，治茂學弟啊，說真的，還好有你在，不然這種集訓我看我可是很難苦撐下去！」

「啊？學長什麼意思？」

「因為老實說，我在中開高中棒球隊裡，雖然已經是校內最頂尖的選手，也因為這樣才會當上隊長，不過和其他強校的菁英比起來，實在還是差得很遠呢。今天好幾個集訓項目，我真的都快撐不下去，總覺得就算這個項目撐得過，也未必過得了下一關，後頭又還有那麼多天的集訓，更不用肖想入選最後的國手。要不是看到還有你這種跟我一樣，實力不是特別搶眼的選手，還硬在那邊死撐，我可能早就放棄了——」

治茂露出似笑非笑的表情，實在不知道該怎麼回應。長義雖然好像是讚美治茂的毅力與意志，卻也道出了實力差距的殘酷事實。

——就算撐得了今天，還有明天的難關要過；就算撐過整個集訓，還有國手選拔的複訓，真的可以順利入選，成為最後的國手嗎？有時候都覺得還不如「識時務者為俊傑」，應該早早放棄。治茂心裡一直存在這樣的疑惑，只是在長義尚未點明前，還沒認真想過。或許也可以這麼說，治茂根本不願面對這種殘酷的現實。

「所以說——」治茂指著長義手中的球棒說著。「學長該不會是晚上跑出來偷練吧？」

「哎呀，我當然是緊張得睡不著覺啊！身上背負著中開高中所有學弟們的期望，而我又是隊長，總不能這麼輕易就被淘汰吧！」

聽到長義的話語，再比照治茂當初並沒有得到元台高中全體成員的祝福，或許這樣反而比較沒有包袱。

「嘿嘿，林治茂同學，我就知道你跑來這裡了！」

一句突兀的話語打斷了兩人的交談，原來是治茂的室友建仲，不知什麼時候也跑來球場湊熱鬧。

「啊，是盛文高中的劉建仲，久仰大名了！」長義眼神一亮，彷彿見到偶像般非常興奮。

「哈哈，沒什麼啦——」建仲苦笑著。

「話說回來，治茂學弟怎麼跟建仲好像很熟的感覺？」長義貼在治茂耳邊小聲問著。

「也沒有啦，建仲兄是我室友啦！」治茂答著。

「唉——」長義搖搖頭。「說到室友，我的室友已經不見了——」

「啊，不見了？」治茂有些不解。

治茂看看建仲，但建仲神色自若，並不帶有任何疑惑。治茂思考了好一會兒總算想通，長義指的應該是室友在下午的集訓中慘遭淘汰。長義面對空空如也的選手宿舍，難怪會覺得內心焦急，所以特別跑來球場練習揮棒。

見到治茂又想拿出手電筒照明，建仲拍拍治茂肩膀說著：「林治茂同學，我看你應該是跑來找球衣鈕扣的吧？不用找了啦，我已經幫你縫好了，我有帶很多備用的傢伙呢！」

「喔，建仲兄還可真是料事如神——」治茂淺淺笑著。「怎麼好像我的一舉一動你都那麼清楚，不過還可真是太感謝了，找了好久，我只找到一顆。」

「不過——」建仲挑眉說著。「我不是要來特別說這個的，我是想來提醒你們，宿舍門禁是十點半，已經快到了，還不一起回去嗎？」

經由建仲的提醒，長義看看手錶，才發現已經過了十點。雖然聽說第一晚還不會強制關門，但李總強勢而不按牌理的作風，大家早就領教過了，還是小心謹慎為妙。

「嗯，我們還是趕快回去吧——」長義向前走了幾步，撿起球棒套將球棒收進袋內。

「喂，喂，林治茂同學——」建仲趁著長義整理球具的空檔，突然湊了過來。「其實我是有別的好康要告訴你，不過既然還有其他人在場，我們還是回宿舍再說了。」

治茂相當好奇，建仲說的「好康」到底是什麼，不過在走回宿舍的路途中，建仲再也沒有提過這件事，這讓治茂覺得有些難熬。

回到宿舍後，治茂一進門就聞到一陣飄香，觸動了壓抑已久的食慾味蕾。

建仲迅速爬上上舖，提著一袋塑膠袋跳了下來。

「林治茂同學，你看看，這是我剛剛跑出去買的宵夜——」建仲拿出一大袋裝得鼓鼓的鹽酥雞。「我啊，一天得吃四餐，不然一定睡不著覺。」

雖然建仲這麼說著，不過想起今天晚餐前建仲的熟睡模樣，治茂覺得事實恐怕並非如此。然而美味當前，早讓晚餐沒有吃飽的治茂垂涎三尺，再也顧不了那麼多了。

「嗯，還有個祕密，可別說出去——」建仲走向書桌，拉開最底層的大抽屜，裡頭藏著一箱罐裝啤酒，並從裡頭拿出了兩罐。「不配上這個可是不行的！」

治茂見狀後，滿臉驚訝問著：「咦？你不是跟我一樣才高二，應該未成年吧？」

「嘿，兄弟，別鬧了，過年就長一歲，吃個湯圓也長一歲，生日又多一歲，我早就成年了！」

建仲毫不在乎「喀」的一聲，就把啤酒罐打開了，並把另一罐丟給治茂。

「呃——」治茂接過啤酒後，顯得有些猶豫。「建仲兄，不好意思，我還未成年，真的不能喝，但是鹽酥雞的好意，我一定會收下。」

治茂話還沒說完，早就叉了一長串的好料送進嘴裡。

「林治茂同學，你是認真的嗎？竟然有打棒球的人不喝啤酒，我還第一次聽到耶——」

「也不是說不喝啦，只是我有跟一個阿伯約定好，明年成年後第一個找他喝——」

「好奇怪的約定，果然是奇怪的林治茂同學才會做出來的奇怪事。我覺得你這個人真的太有趣了，全身充滿祕密的男人！」建仲說完又啜了一口啤酒。

「啥？我可是認真的呢，是一個很神祕的棒球前輩，還會調整我投球姿勢。超誇張的不騙你，台灣到處都是臥虎藏龍，連阿伯棒球都很強！」

治茂腦海中浮現墓仔伯那個慈祥的身影，難道眼前建仲大口喝著啤酒的模樣，就是當年墓仔伯和他好朋友在高中常幹的事？

「不過，說實話，林治茂同學真的是我遇過比較特別的人，該說有趣嗎，還是怎麼說，光看你一年前對景勝學長作出的事蹟就快笑死我了！」

「你該不會只是把我當諧星吧——」治茂輕皺眉頭說著。

「不是啦、不是啦——」建仲連忙揮手否認。「這樣好像很沒有同情心，不過你真的因為那場比賽一戰成名，才投一球就被驅逐出場，威名都蓋過洪什麼興的，只要一提到元台高中，應該沒有人不記得林治茂同學這個高中棒球奇葩吧！」

「唉，你還真挖苦我——」治茂低頭苦笑。

一年前的秋季高中棒球聯賽，在元台高中大量失分無人可用的情況下，前任投手也就是現任隊長許仁哲，在他被擊出全壘打退場後，由治茂初登板救援，一上場就遇到了以二年級之姿扛下南強高中第四棒的天才型捕手張景勝。想不到在捕手內角球的引導下，治茂第一球就投出了時速接近一百五十公里的觸身球，突如其來的襲擊，讓身手相當矯健的景勝，也躲不過速球的攻擊，當場倒地，肋骨也硬生生斷了兩根，兩隊人馬見狀後全部衝上球場，衝突一觸即發。治茂還來不及脫帽致歉，就因為全壘打後出現觸身球，被主審直接裁定驅逐出場，所以根本就不知道比賽後半段的所有細節。

也因為治茂這個「秒殺」四棒的舉動，讓景勝整整休養了超過半年，南強高中也因為突然折損主力球員，當年的高中棒球聯賽破天荒沒有進入最後的冠亞軍賽，由南強高中宿敵轂沼高中獲得冠軍。因此治茂也很能理解南強高中對他恨意之深，更何況是棒球之路差點就被毀掉的當事人景勝，會出現毆打治茂的洩憤動作，只要是知情人士大概也不會感到特別意外。

「哎呀，做都做了，有什麼好後悔的——」建仲拍拍治茂肩膀說著。「來打棒球的，就是要有隨時會受傷的心理準備嘛。反正今年春季聯賽，景勝學長雖然第四棒的位置被人取代，但還是在中心棒次，而且又拿到打點王，身手我看比以前還厲害，搞不好真的是『打斷筋骨顛倒勇』，他應該要好好感謝你啊！」

治茂以極為讚嘆的口吻說著：「咦？打點王耶，他又還是捕手，真的太厲害了！」

「林治茂同學，你真的是個很神奇的人物耶！我覺得你好像對高中棒球的情報一竅不通，簡直就不是我們這世界的人，但是卻又入選國手選拔——」

「唉，這是有苦衷的——」

治茂會對這些資訊一概不知，除了因為元台一直打不進會內賽外，還有更重要的原因，就是治茂從小就被母親刻意封鎖棒球相關資訊，這也讓他早就養成只埋頭打自己的棒球，並不太會去關心其他的棒球訊息。

「嗯——」建仲挑眉思考著。「其實也不能這麼說，像是剛剛跟你在球場偷練的那個人，我好像就不知道他是誰——」

「對啊，他在我們元台高中可有名的，是中開高中的隊長啊，打擊跟守備都很流暢！」

「啊？中開高中，有這間高中喔——」建仲尷尬地笑了一下。「元台高中因為你一戰成名，好像還比較有名氣！」

「哪有！」治茂氣鼓鼓說著。「這你不懂啦，哼！」

治茂這整年一直被這件事挖苦，就連進入國家隊集訓也不例外，讓治茂都快要漸漸認同，當初李總一定是因為這件「秒殺」事件才決定入選他的。

「算了算了，你這充滿祕密的男人——」建仲邊啃雞塊邊說著。「一定又有什麼不可告人的祕密，話說回來，這次集訓感覺真的很不一樣——」

「怎麼說呢？」

「嗯，可能是那個黑嘴教練作風比較不同吧，跟以前遇到的教練差很多。」

「嗯——」治茂拚命點頭表示贊同，也很想知道建仲的想法。畢竟治茂算是生平第一次和國手集訓沾上邊，根本就無從比較。

「以前遇過的國家隊教練，感覺就只是選了一堆精英擺在一起，放著讓我們自己去打一打，頂多就是磨一磨大家的默契這樣，不像這次這個黑嘴教練，還會管東管西，去灌輸一堆奇怪的思想。以前的帶隊方式比較鬆散，甚至可以說一些棒球明星，根本是教練團求之不得的選手，深怕最後不來打比賽，感覺到最後明星選手都比教練還要大尾，大家的求勝動機都不是很強烈，根本就管不太動。最後整個隊伍都散散的，像這次入選很多以前沒見過，程度跟我們這些老手還有些差距的新選手，反而讓我們看到一些有趣的事。」

「什麼有趣的事？」

「嘖嘖，你以後就會知道啦，哈——」

「不講就算了——」治茂吐吐舌頭。「你才是充滿祕密的怪人吧？所以你覺得李總這樣比較好嗎？」

治茂其實有些不解，難道建仲覺得李總這種動不動就趕人回家的恐懼氣氛會比較好嗎？

「你難道沒發現，黑嘴教練並不會隨便趕人？大部分都是承受不住壓力或沒鬥志的人，而且還是自己放棄回家，真的被直接趕走的人反而算少吧？」
「可是因為一些和棒球訓練無關的事情也被趕走，不是很奇怪嗎？」
「也不是這麼說，至少，我想紀律上會好很多，整個隊伍也會比較有團隊精神吧？跟以前遇過只會唬人的教練比起來，這個黑嘴教練似乎比較難以捉摸。而且我以前早就對一些自以為是的國家隊常客非常不爽，仗著國家隊需要他們，一直都對教練團不理不睬，這次剛好遇到這個黑嘴教練給他們挫挫銳氣！」
「哈哈——」冶茂露出苦笑。「不管怎麼樣，李總帶隊作風就是很怪吧，至少我們學校教練是這樣說的，還要我小心一點。」
冶茂想起吳教練臨別前這麼說過，不過感覺那時候吳教練應該還有擔心別的事情。
「哎呀，林冶茂同學，別管那麼多了。安啦，你這個人像隻『蟑螂』，哪有那麼容易被打敗。反正好戲一定會繼續播下去，就讓我們看看這黑嘴教練到底想玩什麼把戲，今晚就好好跟我暢飲啤酒啦！」建仲說完又從抽屜拿出兩罐啤酒。
「喂！喂！建仲兄，別鬧了，我說過我不喝的。而且明天一早還有一整天的集訓，我看你還是別喝了！」冶茂搶走建仲手中的啤酒。「適可而止啦，我要去洗澡睡覺了！」
原以為建仲會再將啤酒搶回去，不過建仲似乎聽進了冶茂的勸說，開始收拾食物殘渣及啤酒空罐。

「哇靠！劉建仲你快給我醒來，早叫你不要喝啤酒的！」治茂爬到上鋪用力拍打建仲。

「哎呀，再睡一下啦，我好睏！」建仲緊閉雙眼繼續賴床。

「睡個屁啦，我整晚都在聽你打呼，我才睏勒！」治茂緊皺眉頭，繼續不斷來回搖晃建仲。

「哇靠，這麼晚了！」建仲本來還有些睡眼惺忪，看了手錶後驚叫一聲。

不到幾分鐘，建仲迅速換好衣服，和治茂兩人一路狂奔到餐廳用餐。要是太晚吃早餐的話，也許等一下被操練後就會全部吐出來，因此提早用餐幾乎已是運動選手所會遵循的通則。

由於所剩時間並不充足，匆匆用完早餐後，治茂兩人便跑回宿舍，拎著球具就直接趕往球場。

距離集合時間還有十五分鐘，不過洲際棒球場已經可以看到許多選手兩兩成對練習傳球，有的則是在一旁練習揮棒，還有一些人在投手練習區進行投捕練習，各個看起來都已練習了好一段時間。

「哇塞，見鬼了——」建仲瞪大雙眼說著。「怎麼這次大家都變那麼認真了？以前大家不都是趕著集合時間才姍姍來遲——」

原本治茂也想提前到球場暖身，不過由於室友建仲賴床，因而拖了不少時間才會延誤。只是治茂從沒想過，近乎所有選手竟都有志一同提前到場練習。

「咦？」

治茂被一旁投手練習區的投捕搭檔所深深吸引。

「啪！」

一顆犀利的速球進了捕手手套。

身穿黑色練習衣的投手，身高超過一百八十公分，奇特的四分之三投球姿勢，還有左臂奮力甩動的流暢動作，以及最後進入捕手手套的強力尾勁，真讓治茂看傻了眼，簡直就是他最想追求的祕密投球動作。

「呃，林治茂同學——」建仲停頓了好一會兒，才又繼續開口。「你該不會不知道他是誰吧？他是南強高中第一王牌左投李鴻濟學長，今年春季聯賽才和穀沼王牌陳育航，在最後冠軍賽進行浴血奮戰，雙方平手僵持到十一局，最後還是李鴻濟體力不支下場後，才被穀沼再見比賽——」

「什麼——」治茂顯得相當吃驚。「那個昨天被趕走的陳育航那麼強！這樣國家隊不就損失慘重了？」

「唉——」建仲無奈地聳聳肩。「果然林治茂同學真的不是我們這世界的人，竟然一點也不關心高中棒球聯賽。」

「不過既然是南強高中，不就代表——」

治茂的擔憂並沒有錯，練投區內的捕手，發現一旁有人盯著他們，隨即拿下了捕手面罩。

「幹，看屁啊，你這元台的混帳！」

捕手面罩下出現了景勝的俊俏臉龐，不過那雙大眼此刻正狠狠瞪著治茂。治茂趕緊彎身致歉，便拔腿往另一頭狂奔而去，建仲見狀後也只能跟隨治茂的腳步快速離去。

「林治茂同學，腳程很快嘛——」建仲故意挖苦著。「看到當今堪稱台灣青棒最強的投捕搭檔就嚇跑了喔——」

「哎呀，你也知道原因啊——」

「林治茂同學，你這樣能躲多久，要是最後都一起入選國手，還不是要當隊友，搞不好你們還是投捕搭檔，找個機會好好去跟景勝學長道歉吧！」

「唉，我也想啊——」治茂聳聳肩。「可是景勝學長的表情實在太可怕了，光用眼神就能殺死我了，我看我們還是趕快暖身比較實在。」

不過兩人才剛開始進行暖身動作，就聽到李總宣布集合的高亢號令。

不一會兒，所有選手已經在李總面前集合完畢。

李總還是穿著中華隊球衣，而臉上依舊戴著那副令人高深莫測的淺色墨鏡，看了看排排站好的所有選手，總算開口說著：「今天上午還是體能訓練，不過我想告訴各位『準』國手們一個好消息，那就是昨天該走的選手都走得差不多，目前名單大致底定，但並不代表不會有人再被淘汰。現在剩下的三十六位選手，等一下我會宣布名單，將分成中華藍隊和中華白隊，兩天後兩隊就分頭去各縣市進行五場高中練習賽，只要哪一隊在練習賽中輸掉比賽，就整隊淘汰。一星期後藍、白兩隊回到這裡進行對抗，只有贏的隊伍才能留下，再從解散的隊伍中，挑出補足二十五人名單的候補人選。」

一些老經驗的選手，聽到李總的宣佈事項，均露出相當疑惑的神情，不過礙於李總的威嚴，也沒人敢提出任何質疑。

儘管看到許多選手輕皺雙眉，李總還是繼續高聲宣布：「現在宣布中華白隊名單：南強高中李鴻濟——南強高中張景勝——」

「開什麼玩笑，從沒聽過這種玩法，這教練腦袋有沒有問題——」

一名排在冶茂身後的選手，只敢低聲抱怨著。

「嘿嘿，林冶茂同學，這黑嘴教練真有趣——」建仲聽到這種獨特的訓練方式，反而顯得有些興奮。

李總繼續宣佈白隊名單，說著說著將手中的資料翻到了最後一頁：「——中華白隊最後一名成員，是元台高中的林冶茂。」

「咦？」冶茂顯得相當吃驚。

不僅僅是冶茂，南強高中李鴻濟和張景勝的驚訝之情，也絕不亞於任何人，沒多久兩人就以充滿憤恨的眼神貫注在冶茂身上。

「媽的！」

治茂雖然聽不到，但仍可從這兩位學長的嘴型，猜出他們想要表達什麼。

「看來我在藍隊——」建仲在治茂耳邊小聲說著。「哈哈，林治茂同學，我們這樣算是敵對的室友了！」

不過治茂此刻覺得心情格外沉重，已沒有辦法和建仲繼續說笑。

宣布完所有名單後，李總繼續說著：「待會兒集合口令後，隊型直接分成藍、白兩隊，要進行隊長和副隊長的甄選。以上，集合！」

不到十秒鐘，兩隊隊伍已各自集合完畢。

李總先走到白隊區塊問著：「你們白隊的隊長人選是誰？」

「當然是景勝啦！」南強高中鴻濟毫不猶豫答著。

其他選手也紛紛點頭表示同意，只有治茂一個人躲在眾人身後，深怕出現在景勝的視線中。

「喔，那你們對這樣的分隊有沒有什麼意見？」李總突然以和緩口吻問著。

不過白隊的選手只是一片死寂。

李總這時見到一個鬼鬼祟祟的身影，突然大聲吆喝著：「元台林治茂，不要給我躲在後面，站到前面來！」

「是——」治茂只能硬著頭皮走向前去，而且還得被迫站在景勝身旁。

「張景勝，你是不是很不願意跟林治茂同一隊？還有李鴻濟你也是吧？」李總的眼神來回遊走在景勝與鴻濟之間。「你們真的覺得去年高中聯賽，南強最後沒有打進冠亞軍賽，是和林治茂這小子有關嗎？」

景勝絲毫不為所動，依舊保持沉默，不過鴻濟好似滿腹委屈，欲言又止。

李總突然大聲斥責：「別太天真了！你們今年春季聯賽陣容好好的，還不是輸給穀沼！」

鴻濟見到景勝只是沉默不語，但自己再也忍受不住，盡可能委婉說著：「不是的，教練。我覺得林冶茂真的太弱了，以投手來說，控球問題很大，根本不適合入選國家代表隊。訓練程度和經驗我覺得都很不夠，這樣只會拖累大家，應該還要多多磨練——」

「喔——」李總挑眉說著。「你難道不知道從我剛才宣布完畢後，他就是你的隊友？我昨天不是一直強調，『最弱的環節就是最強的環節』，你們還不懂嗎？」

見到李總可能又要發火，鴻濟不覺低下頭去。

李總見狀後，先是來回踱了幾步，才又開口說著：「哼，李鴻濟你意見還蠻多的嘛！那就這麼決定了，張景勝就是副隊長，好好輔佐隊長吧！」

「那、那隊長是誰？」鴻濟一臉詫異。

「就是最弱的環節，林冶茂，他就是你們白隊的隊長！」李總指向一臉錯愕的冶茂。

「開什麼玩笑——」

「別鬧了——」

「搞什麼鬼啊——」

「這教練在玩我們嗎？」

治茂身後的所有選手，紛紛傳出極度不滿的低沉抱怨。

「好啦，就這麼決定——」李總點點頭。「白隊的人選就是這樣，藍隊的副隊長是盛文高中劉建仲，隊長是中開高中施長義，就這麼決定了——」

李總宣布完藍隊的人選，也引起了藍隊選手們的一陣騷動。

「大家聽好——」李總高聲宣布著。「那現在兩隊隊長各自帶開，開始進行上午的體能訓練。要是誰帶不好，哪隊最後被淘汰，那就是你們隊長的責任！」

李總宣佈完畢後轉身就走，只留下面露驚恐的藍、白兩隊隊長，呆立原地不知所措。

走沒幾步，李總又突然回頭喊著：「對了，忘了宣布，兩天後白隊由我帶領，藍隊由另一名助理教練帶隊。藍隊第一場的練習賽對手是中開高中，白隊是元台高中，就由你林治茂先發。」

治茂原本還身陷於擔任隊長的痛苦深淵中，另一個突如然其來的晴天霹靂，更是讓治茂瞪大雙眼無法置信。

見到眾人的驚訝反應，李總反露出詭笑說著：「李鴻濟，我要你們好好體悟什麼叫做『最弱就是最強』，兩天後你別想上場，別以為元台高中是弱隊，你們就一定會贏，就一定會Call Game。我要林治茂完投九局，不管發生任何狀況，他都得完投，否則就直接認輸，然後你們就可以整隊留在元台高中好好渡假，別想再回來了。」

「什麼！」

景勝原先還一副毫不在乎的模樣，這時再也忍受不住，來回看著李總與治茂。

「教練，別鬧了，這樣根本不一定會贏——」鴻濟神情顯得相當慌張。

「哼，那是你們家的事，與我無關了——」李總再次露出輕笑，接著只是揚長而去。

「開什麼玩笑——」鴻濟情緒激動，緊緊抓住治茂。「我根本不能認同你這廢物當隊長，更何況兩天後還要你先發，要是輸了的話、輸了的話——」

治茂只是任由鴻濟奮力搖晃，他早在李總宣布隊長人選的那刻起，就已經腦袋一片空白，又聽到必須先發對抗元台高中，嘴中開始重複喃喃念著：最弱就是最強？

◎第五棒：自相殘殺？

「老大，你真的太神勇了啦，隊長耶——」緯輝興奮地叫著，只差沒有當場昏倒。「嚇死人，國家代表隊的隊長耶！我還以為名單印錯了，我快暈倒了！我就說老大絕對比那個洪××強多了吧，今天就是你們一決勝負的大日子了！」

治茂環顧四周，元台高中棒球場的老舊鐵網，和當初並沒有多大差別，鐵網中的破孔，甚至可說是一模一樣，但離開選手巴士後，所有熟悉的景物卻變得如此刺眼炫目。

對於元台高中隊友的所有恭賀，治茂沒有任何喜悅，因為根本就名不符實。自從踏進這再熟悉不過的元台高中後，一切卻突然變得如此陌生。沉重的壓力已讓治茂好幾夜無法安眠，彷彿整個世界都變了。

「喂，林治茂，你是要在那邊哈啦多久啊，還不回來我們這邊——」副隊長景勝顯得相當不耐。

眼見治茂就要離去，元台隊長仁哲趕緊拍拍治茂肩膀說著：「治茂，你可真令我們刮目相看，跟我一樣都是隊長了，今天可要好好討教、討教了——」

聽到隊長仁哲的讚美，治茂依舊面色凝重沉默不語，只是向所有元台隊友點頭致意後，便匆

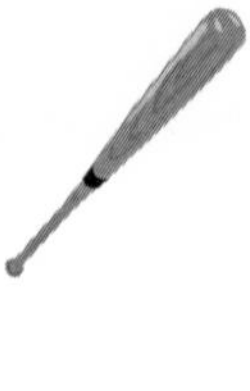

匆離去。
治茂很清楚，元台今天絕對會派出王牌投手洪奇興上陣，就算是國家代表隊選手，想要從他手中攻下分數，也有一定難度，更別說是比分差距過大而提前結束。
先前治茂前往寒暄時，奇興就坐在休息區顯得非常不悅，只是冷眼看著治茂的一舉一動。
不僅僅是元台高中這邊的學長，就連治茂這幾天在帶領中華白隊時，更是困難重重，根本就沒人願意聽從治茂這個二年級的菜鳥選手。到最後僅僅是在暖身運動和集合解散時發號口令，不然就是要有李總在場時，才能勉強敷衍了事。由於藍、白兩隊已經分開進行訓練行程，就連用餐座位也有劃分。若非逼不得已的情況下，所有隊友都不願意和治茂走在一起，用餐時更沒人願意和治茂同桌。
至於藍隊方面的長義，狀況也好不哪裡去，不過在副隊長建仲的極力緩和下，氣氛可能比治茂這邊要好一些，只是治茂和長義都無法理解李總為何要這樣安排。
「集合，白隊的隊友，我們要開始準備暖身——」
治茂語氣相當低沉和緩，實在不可能在眾多學長面前，發出強硬的口令。
李總站在球場鐵網外，看見治茂會出現這樣的場景，並不覺得非常意外，更可說這些狀況，也都在他預料之中。
「李教練，好久不見了——」
元台教練吳俊龍從球場內走了出來，面無表情打著不怎麼誠懇的招呼。

「喔，俊龍啊，真的好久不見了——」李總露出了罕見的笑容。

「李教練，我實在不知道你為什麼要選林冶茂進國家隊，如果是為了要對那件事進行報復，我勸您最好不要玩得太過火，這一切和林冶茂有什麼關係——」

「哼——」李總輕蔑一笑。「笑話，發崛有潛力的選手並且激發他們，不就是我們的工作和使命嗎？你現在做的教練工作不也跟我一樣？」

「這——」吳教練先是瞪大雙眼，隨即忿忿說著。「但是你有必要故意還讓林冶茂當隊長嗎？他就算再有資質，現階段也沒有強到這種地步，你有必要這樣整他嗎？還是你只是想徹底摧毀他！」

「我以前灌輸你們的觀念，你們可曾真的聽進去過？姑且不說你，你自己看看，多少以前和你一同奮戰的隊友，早已被逐出棒球界？你的好兄弟現在人又在哪裡呢？我過去教導你們的方式大錯特錯，現在只是換個方式，讓他們去刻骨銘心好好體悟罷了！」

吳教練鼻翼扇動，盡可能壓抑自己不滿的情緒說著：「可是你這樣真的有用嗎？我不懂，我只覺得你是想惡意報復而已，你以前不是這樣的，那個溫和又關愛選手的少棒李教練到底去哪裡了？」

「哼，人當然是會改變的。我不想跟你多做無謂的辯論，你以後自己就會明白。比賽就要開始，不跟你閒聊了！」

李總說完後直接走向球場入口，吳教練見到李總如此強勢，也只能摸摸鼻子跟著入場。

就在吳教練走向元台休息區時，瞥見一名元台球員正站在場邊圍欄，隔著鐵網和一名女同學開心揮手，吳教練不覺輕輕搖頭。

「巧歆學姐，妳也來看老大比賽啦！」緯輝對著球場外的巧歆熱情喊著。

由於元台高中第一次有青棒國家代表隊蒞臨拜訪，再加上代表元台高中入選的冶茂，又擔任中華白隊隊長，這轟動全校的大新聞一下就傳遍整個校園。即使簡陋破舊的元台高中棒球場，並沒有附設觀眾席，還是讓球場周圍擠滿了等著觀看好戲的成群學生。

「不好意思，借過一下——」巧歆手提兩大袋冷飲，在人群中一跛一跛努力穿梭。「阿輝伯，拿去吧，這是為元台打氣的特別招待！」

透過元台高中球場邊的「特大」鐵網破洞，巧歆將兩大袋冷飲遞給了緯輝。

「什麼？學姊不是來幫老大打氣的喔？」緯輝邊接過飲料邊問著。

「那還用說，當然是幫元台高中加油，最好打贏青棒代表隊！」

「可是代表隊先發投手是老大耶，學姐竟然不幫他加油——」緯輝顯得有些驚訝。「雖然我知道這很矛盾，但是我還是會幫老大加油，希望能完投完封我們，最好還是無安打比賽，哈哈——」

巧歆伸手作勢要將冷飲拿回，並開口說著：「哼，你這叛徒，飲料還來，你別喝，給其他元台選手喝就好——」

「學姊，別這麼無情——」緯輝一下就把兩袋飲料藏到身後，不過巧歆本來就只是開開玩笑。

「真不知道那個林冶茂在集訓發生什麼事——」巧歆凝視遠方說著。「就憑他竟然能當到隊長，明明應該還有更好的人選吧？這樣倒是很想看看林冶茂進步到什麼恐怖的程度——」

「學姊，別這麼看扁老大嘛！搞不好老大在集訓時真的領悟奧義，變身擁有超能力的超級英雄！」

「神經病，我看你還是別跟林冶茂混太久，你也快跟他一樣腦袋有問題了！」

巧歆才剛說完就準備轉身離去。

「巧歆學姊，妳不看比賽嗎？」緯輝問著。

「我等會兒還有事，大概只能再看幾分鐘吧，不過你最哈的人可以陪你看——」巧歆邊說邊指向後方。

「咦？是馨瑩耶！」緯輝興奮地叫著。

在巧歆身後出現了一名五官精緻，嬌小可愛的女生。

「巧歆學姊，我有趕上嗎？比賽還沒開始吧——」馨瑩顯得相當緊張，手中也提著兩大袋冷飲。

「還沒、還沒！」緯輝連忙搶著回答，並上前接過飲料。

「喂！陳緯輝，你是要在那邊閒聊到什麼時候，比賽要開始了！」

元台高中休息區的學長們，可能對緯輝遲遲不將飲料送來，等得相當不耐煩了。

「是，學長——」緯輝心有不甘回頭大喊，隨即又轉身回來繼續說著。「唉，馨瑩，等一下有空我再過來陪妳——」

「不用啦，我等一下就要走了，我也看不懂棒球——」馨瑩輕輕揮手笑著。

「什麼——」緯輝顯得相當失望。

「喂，陳緯輝，快一點啦，口很渴耶！」休息區又傳來呼喊聲。

「好啦，好啦——」緯輝顯得相當無奈，離開前再次轉身說著。「巧歆學姊和馨瑩多謝啦，一起替老大加油吧！」

緯輝即使想再跟馨瑩多說幾句，不過挨不住學長們不斷催促，還是只能提著四大袋飲料，小跑步回休息區。

巧歆瞄向青棒代表隊休息區，氣氛似乎有些詭異，再看看一旁正在練投的冶茂，總覺得有些不對勁，但具體而言怪在哪裡，實在也無法解釋。

在裁判高喊Play Ball後，比賽正式開始。

擔任客場的青棒代表隊，一局上半首先展開進攻，開路先鋒一臉鄙夷上場打擊，但沒多久竟然就被奇興的精準控球三球三振，讓原本還有些輕敵的中華白隊選手，一下就收起只想看元台高中出糗的玩笑心態。緊接著兩名打者，也只打出軟弱的內野滾地球遭到刺殺，一下就結束了一局上半的進攻。

在投手練習區熱身的冶茂，遠遠就看出奇興今天的狀況相當不錯，球速和球威都很有水準，看來隊友要從奇興手中出現連貫攻擊，恐怕會有不小的難度。

「喂，林冶茂，發什麼呆啊，要上場了啦！」

本來還在打擊練習區準備的第四棒捕手景勝，在三人出局後，迅速套上捕手護具，並催促冶茂趕緊上場。

攻守交替，冶茂與擔任元台先發捕手的明原學長擦肩而過，明原只是露出一副看好戲的訕笑。輪到元台高中的進攻，守備方的中華白隊陸續上場就位，不過每位上場選手都穿著自己學校的棒球隊服，形成了一副相當奇特的場景。

站上投手丘，冶茂感受一股奇大無比的壓力。無論是攻方休息區的元台高中隊友，或是守方休息區的青棒代表隊戰友，還有球場上的其他八名守備選手，甚至是球場外圍觀的所有觀眾，冶茂很清楚這場比賽大家所期待的，會是什麼樣的勝負結果。

「元台高中怎麼可能打得贏青棒代表隊，是來屠殺的吧？」

雖然沒有親耳聽見場外學生的這種交談內容，但冶茂也不難想像，一定會出現這種對話，因為這就是眾人的期盼。

冶茂屏住呼吸，從元台的先發名單看來，幾乎就是高中聯賽的最佳陣容。雖說元台不過是個連會外賽都打不進的弱校，打擊實力卻也不是那麼容易對付。面對元台的第一名打者，也是昔日戰友，冶茂從未與隊友這樣正式對決過，顯得有些放不開手腳，前幾球就出現明顯的壞球。

「唉，搞什麼啊，難道第一局就要自爆了——」

巧歆仍站在球場外並未離去，原本對冶茂能夠擔任隊長還有些期待，但看到前幾球的投球內容，突然覺得相當令人擔心。

「學姊，沒問題吧——」馨瑩在一旁擔心地問著。

「當然沒問題啊，中華白隊那個鳥投手自己爆掉以後，我們元台高中就有機會贏了啊！」巧歆儘管刻意這麼說著，但仍然掩飾不住擔心冶茂的神情。

不出所料，冶茂面對第一名打者就投出了四壞球保送。

「喂，林冶茂，你不要開玩笑好不好，認真點！」

在休息區的鴻濟顯得相當不耐。

雖然冶茂聽得見鴻濟的呼喊，卻也無法回應，只好擦拭額上的汗水，繼續面對下一名打者。

冶茂依照捕手景勝學長的指示，投出了拿手的滑球，總算投進了捕手配球的外角邊緣，沒想到滑動幅度沒有預期的大，竟被打者逮中，形成了強勁的內野滾地球，眼看二壘手就要接起策動雙殺，卻因為過早將手套提起，讓球從胯下穿過，形成一個相當低級的失誤。

原本一壘上的跑者一下就趁著失誤衝到三壘，場外滿滿的元台高中學生，全部樂得鼓掌慶賀。

「天啊，這真的是青棒代表隊嗎？怎麼好像元台還比較強！」

「就說我們高中的棒球服很像中華隊吧？另一隊球衣好亂，根本就像雜牌軍，誰才是真正的中華隊，看起來非常明顯——」

坐在休息區的李總，當然也聽得到場外的諷刺言語，不過依舊沒有任何動靜，反倒是露出了詭異的笑容。被李總下達禁賽令的鴻濟，只能枯坐一旁，更是看得氣憤不已。

治茂緊皺眉頭，分別看看一壘和三壘的跑者，接著就要面對打擊技巧純熟的元台高中隊長仁哲。

雖然和仁哲學長認識已久，也知道他的打擊能力相當不錯，不過倒也沒有認真研究過學長的弱點。

斗大的汗珠從治茂側臉流下，也才一局下半，治茂就已面臨重大危機。面對這種非贏不可的比賽，尤其是眾人早已預料代表隊會大勝元台高中，更讓治茂覺得有些喘不過氣。

治茂做了個深呼吸，盯著景勝學長的捕手手套，接著抬腿跨步後奮力揮臂，是一個十分強勁的速球，但位置明顯偏離，也讓經驗老到的隊長仁哲絲毫不為所動。

「嘖——」代表隊休息區內的鴻濟再也按捺不住，放聲大喊著。「搞屁啊，不會投就不要投啊，丟人現眼！」

元台高中棒球隊的隊員，大都認得李鴻濟這名南強高中的強投，不過完全無法理解為何會對治茂如此冷嘲熱諷。儘管元台高中隊上許多學長對於治茂能夠入選國家代表隊十分不滿，但看到比賽進行中竟有同隊學長如此反應，倒也有些同情治茂的處境。

圍網外前來湊熱鬧的學生，並不瞭解鴻濟的實力，但對於他的喧鬧舉動均非常反感。不過同在休息區的李總，依舊不動聲色，只是繼續冷眼旁觀。

這時景勝站了起來，並沒有將球回傳給冶茂，捕手面罩後的怒目看起來十分懾人，矗立原地的高大身影，讓全場突然安靜下來。

「喂，景勝，把林冶茂轟下來吧！」鴻濟繼續嚷著。

景勝這時脫下捕手面罩，轉身向主審請求了暫停。主審應允後，景勝便一臉盛怒走向投手丘。

「哇，那捕手學長好帥喔！」一旁觀看的馨瑩顯得心花怒放。

「嘖嘖——」原本坐在場內休息區的緯輝，不知道什麼時候，又隔著圍網偷偷湊到馨瑩所在之處。儘管聽到心儀對象讚美其他男性，但緯輝還是相當自豪介紹著：「他就是當今所有高中裡最強、最帥的強棒鐵捕張景勝啊！」

不過馨瑩的眼中早就只剩下景勝，完全沒有理會緯輝的解說。

眼見景勝的身影逐漸靠近，冶茂不覺低下頭去，完全不敢直視景勝的凌人怒目，而明明站在投手丘上有高度優勢，冶茂卻覺得景勝學長如此高大，而且隨著身影的接近愈來愈高。

等到景勝出現在冶茂身旁後，原以為就要一陣辱罵，但景勝卻斂起怒容，一臉冷酷說著：「上一名打者，你很成功，是隊友的失誤，不是你的錯，不要因為這樣就不相信隊友。這種外界預期必勝的比賽以後多的是，要相信自己隊友的守備和打擊。至少我絕對會負責幫你打下分數，我們白隊能不能晉級，照那混蛋黑嘴說的，還要靠你完投。你這混蛋真的太嫩了，但不要自己嚇自己，可以吧？」

儘管景勝學長的言語中，並沒有任何責怪的意思，但那不怒而威的氣勢，還是讓治茂始終抬不起頭。

景勝依舊盯著治茂，卻伸手指向後方代表隊休息區繼續說著：「那一隻，我會讓他閉嘴的，你這混蛋拜託可不要那麼容易就被擊敗啊！」

目送景勝學長那魁梧的背影逐漸離去，這次景勝學長不再讓治茂深陷恐懼，不知為何反而有種釋放壓力的自在感。

景勝重回本壘板後方，順手拿起捕手面罩準備戴上，休息區又傳來鴻濟不滿的叫囂：「張景勝，你搞什麼啊，你以為上去講講話，對林治茂這隻有救嗎？」

「哼——」景勝先是轉身怒目一瞪，見到鴻濟依舊還是那副不服氣的模樣，這讓景勝更為不悅，突然對休息區的鴻濟大聲吼著。「那個坐冷板凳的不要吵，敢再吵你試試看！」

鴻濟對這突如其來的一吼，只是瞪大雙眼無法置信，倒不是被這個多年搭檔所震懾，而是對於景勝竟會幫治茂出氣，感到驚訝無比。而在場外圍觀的觀眾，倒真的被景勝的氣勢所嚇到，全場又再度安靜下來。

主審見到同隊兩人隔空叫囂，緊皺眉頭直接對兩人分別比出警告手勢，不過景勝絲毫不被影響，高舉右手向場內所有隊友打出暗號，接著調整身上護具，隨後穩穩蹲下。

元台高中教練吳俊龍，這時瞄向代表隊總教練李謙山，雖然看不見李總在墨鏡下的神情，但隊上發生這種狀況，甚至還被主審警告，李總卻還是那副不動如山的摸樣，彷彿一切事不關己，讓擔心冶茂的吳教練不覺有些蘊怒。

雙方再次就定位後，比賽繼續進行，冶茂眼神專注，與先前有著明顯的不同，細細盯著遠在本壘板後方的景勝學長，再看看打擊區上的仁哲。此刻不知為何，仁哲對他來說，不是他的學長，也不是元台高中棒球隊隊長，不過就是冶茂所要專注對付的一名打者。仁哲不只是冶茂的對手，還是全隊所要防守的共同目標。

冶茂向景勝學長點點頭，緊接著抬起左腿，使出一個流利的奮力揮臂。

元台高中一壘跑者見到冶茂抬腿投球的同時，也開始拔腿奔向二壘，這是一個大膽的打帶跑戰術。

一顆進壘點精準的速球，迅速飛向本壘板，但在躍進本壘板前卻突然大幅度滑向打者外角。而這顆進壘點看似甜蜜的速球，卻是冶茂最拿手的大軌跡滑球，成功誘使仁哲出棒。

捕手景勝早已察覺一壘跑者的舉動，對於元台高中的大膽戰術，讓有強打鐵捕之稱的景勝也有些訝異，迅速思考著打者揮空後，是該傳向二壘阻殺，或是提防三壘跑者發動雙盜壘。

原以為仁哲就此揮空，甚至只是擦邊球，但想不到打擊技巧精湛的仁哲，或許早料到冶茂會投出拿手滑球，依舊還是擊中甜蜜點，扎扎實實擊出一支強勁的平飛球，直直飛向投手方向。

這顆球來得太快，冶茂從景勝學長的接球準備動作，也察覺元台高中已發動打帶跑或雙盜壘戰術，如果這顆強勁平飛球沒有攔下，極有可能穿越二、游之間形成平飛安打，三壘上的跑者想必會輕鬆回壘得分。

還來不及再有任何思考，治茂已蹲低身體，反舉左手手套往右躍了一大步。不過儘管治茂已經使盡全力跳躍，卻還是慢了飛球一步，讓飛球從自己身旁迅速飛過。原以為球就要穿越二、游形成安打，但因為元台高中發動打帶跑戰術，使二壘手已提前往二壘壘包移動，這顆原本眼看就要形成的平飛安打，卻在二壘手的奮力飛撲下，硬生生將這支安打沒收回去。

不僅如此，元台高中一壘跑者也沒料到這支安打會被撲接，提早離壘的情況下，也來不及回到一壘，只能看著二壘手起身後穩穩傳向一壘，完成一個漂亮的雙殺，而三壘的跑者自始至終，在安打還沒確認前，也不敢離壘太遠，僅能眼睜睜看著代表隊所演出的漂亮美技。

這一切來得太快，讓在場的元台高中球員及觀眾全都看傻了眼。儘管代表隊休息區的其他成員，並沒有發出任何歡呼聲慶祝，但從每名隊員的表情，都能明顯看出鬆了口氣，只有鴻濟有些不是滋味地「嘖」了一聲。

在場外觀看的巧歆，本來差點發出尖叫，但因為這支準安打被美技擋下，更何況又被代表隊無情雙殺，這使元台高中的尖叫歡呼聲，一下就隨著二壘手的飛撲畫下句點。隨後場外觀眾呈現一片靜默，讓巧歆儘管想為治茂驚呼，卻發現場景有些不對。考量其他同學的心情，巧歆似乎也不能盡情表現出來。

「學姊，妳怎麼了嗎——」一旁的馨瑩雖然看不太懂棒球，但她似乎察覺學姊的情緒有些古怪，好心地關切著。

「沒事，沒事，這比賽太緊張了——」巧歆苦笑著。

「呃——」馨瑩繼續問著。「學姊不是說有事要先離開嗎？」

巧歆連忙搖頭說著：「沒關係，那邊就稍微耽誤一下，再等一下好了——」

元台高中無人出局，一、三壘有人的大好局面，一下就被隊長仁哲的雙殺打化解了大半危機。冶茂此刻總算稍微露出笑容，轉身對二壘手揮手致謝。再次踏回投手丘，面對元台高中第四棒，同樣也是以強打著稱的捕手何明原學長。雖然明原學長的打擊，自然無法與國手等級的景勝相比，但時常出沒在元台高中三、四、五棒的明原，還是屬於元台高中的中心棒次，尤其今天排在第四棒，想來近況應該調整得想當不錯。

儘管已經兩人出局，三壘上依舊還有跑者，冶茂還是面臨著強大的失分壓力。原本冶茂已經做好投球準備動作，捕手景勝學長卻突然站了起來，隱隱指著三壘跑者，接著又對冶茂輕拍自己的胸前護具。

冶茂頓時覺得有些尷尬，因為印象中並沒有這種暗號，但若從景勝的動作與先前的對話思考，似乎又可以解釋為不必在意三壘跑者，有事他會負責打回分數。儘管無法理解景勝學長的真實用意，冶茂也管不了那麼多，更乾脆直接這樣解讀。

景勝重新蹲回本壘板後方，冶茂看著暗號，再看看打擊區的何明原。明原的眼神殺氣騰騰，不知是對冶茂本就有所不滿，或是對於元台高中大好攻勢硬生生被沒收而心存怨懟，甚至更該說是上場打擊時原就是這種神情，冶茂也不得而知，因為他從沒在正式比賽中與明原學長直接對決。

好在有第一鐵捕景勝學長壓陣，更何況又有一群好手在身邊共同守護，治茂倒是第一次深深感到，這個向來令人懼怕的明原學長，此刻再也不具任何威脅性。

治茂伸手微微調整帽緣，再向景勝學長點點頭，一個俐落起步投球，是一顆邊邊角角的快速直球。進球點就在好球帶邊緣，讓明原只是站著不動，但主審卻已高舉好球。

景勝傳回球後，治茂看看三壘跑者，接著再照著景勝的暗號，投出一顆變速球，明原卻猜測仍會是顆速球或滑球，提前揮了大棒，卻被治茂的變化球所吊中。明原向來就對治茂非常不屑，揮空後的神情顯得更為懊惱與憤怒。

兩人出局、三壘有人，兩好球沒有壞球，治茂面對元台高中兵臨城下，似乎愈投愈有自信，就連元台高中的吳教練，此刻也發現投手丘上的林治茂，是他從未見過的身型姿態。

儘管投球動作、投球內容，甚至是投球準備動作，這些都與以往沒有太大不同，但最大的差別之處，就是治茂閃閃發亮的眼神。不知為何，過去吳教練最害怕治茂出現的自爆危機，此刻卻絲毫沒有這種擔憂，不禁令吳教練非常好奇，這麼短的時間內，李總到底教了治茂什麼，怎麼能讓治茂有麼那麼大的轉變。尤其先前同隊隊友還在休息區不停叫囂，怎麼捕手上去講了講話，差別竟會如此之大，這讓吳教練更好奇捕手景勝到底跟治茂說了什麼。

治茂再次調整好帽緣，緊接著又是奮力一投，這次是一顆貼近打者的近身球，明原見狀後趕緊反射性向一旁閃去，因為這顆球像極當年治茂對南強高中第四棒張景勝一戰成名的觸身速球。

為避免被治茂的恐怖速球擊中，明原早已敏捷閃避，但卻沒想到這顆速球在接近進壘點時，竟然大幅度由打者內角滑進好球帶。

明原瞪大雙眼無法相信，不用主審做出裁判，自己也很明白這顆滑球的好壞。就在主審高舉好球三振出局後，代表隊一局下半所遭遇的危機，就在治茂的三球三振下漂亮解除，只留下滿臉懊惱的明原呆立原地，一時之間還無法接受這樣的結果。

「啊——」場外的巧歆再也忍受不住，還是興奮地叫了出來。

「咦，學姊——」馨瑩疑惑地問著。「雖然我是看不太懂，不過代表隊的選手都走下場，是不是這局結束了？」

「呃——」巧歆顯得有些尷尬。「是啊，是結束了沒錯。沒有啊，我是覺得我們這局實在是太可惜，才會不小心大叫一聲。」

「啊！老大果然就是不一樣！」緯輝難掩興奮之情，又再次隔著球場護網出現在巧歆及馨瑩面前。

「喂、喂、喂，你到底是屬於哪一隊的——」巧歆儘管如此說著，其實卻跟緯輝一樣心繫治茂，自然對於治茂的突出表現也很高興，只是她不像緯輝這般直接表現出來。

「哎呀——」緯輝不懷好意地笑著。「學姊就別再『ㄍㄧㄣ』了，明明就支持老大幹嘛不承認！」

「陳緯輝——」巧歆噘著小嘴顯得相當不悅。「你欠揍喔，少在那邊亂講一通，我可是心向元台的——」

攻守交替後，輪到代表隊登場進攻，原以為前一半局的精彩守備及冶茂的強勢三振，會讓代表隊士氣大振，不過奇興不愧是元台高中的第一王牌，甚至也可說是當今高中棒球界裡名列前茅的優質投手，絲毫不被前一半局隊友的失敗攻勢所影響。除了景勝擊出強勁的平飛球，遭到美技接殺外，其餘兩名打者依舊無法突破奇興的球路，成功讓代表隊再次形成三上三下。

而二局下半，冶茂也不遑多讓，延續上局好投，也讓元台高中無功而返。雙方陷入投手戰僵局，除了奇興被擊出幾支零星安打外，都能適時穩住陣腳，而冶茂狀況更是奇佳無比。儘管偶爾還是會出現四壞保送，接著還是能適時發揮三振能力或靠著隊友美技策動雙殺，讓元台高中儘管能夠上壘，但一直到五局下半結束，還是未能從冶茂手中擊出任何一支安打。

「啊，學姊——」緯輝趁著兩隊攻守交替的空檔，又悄悄湊到巧歆及馨瑩面前說著。「學姊不是還有事要先離開，怎麼還在這裡？」

「阿輝伯別吵——」巧歆有些不悅地說著。「我們元台高中擊敗代表隊的歷史里程碑比較重要，現在看起來勝算很大，本來的那件事就無限delay吧！」

一旁的馨瑩也補了一句：「雖然我真的還是沒有全部看懂，但我真的覺得這種全校一心的感覺好棒，尤其是我們元台球員的拼勁，當然還有就是代表隊的捕手真的好帥喔——」

「話別這麼說——」緯輝顯得相當開心。「我往後可以慢慢教妳棒球規則，不過話說張景勝學長再帥，也不過是被老大在高中棒球聯賽中『秒殺』的對象。」

「什麼！」馨瑩瞪大雙眼無法置信。「治茂學長那麼強啊，也太帥了吧！」

巧歆聽到緯輝的吹噓後，只是冷冷回看一眼，她很清楚緯輝說的就是治茂去年那件驚天地、泣鬼神的觸身球事件，還讓景勝肋骨因此斷裂，卻被緯輝誇飾成這種樣子，搞不好不懂棒球的馨瑩，真的會被就此唬住。不過想想今天治茂狀況奇佳，就算馨瑩真的相信也不令人意外。

話說回來，去年被治茂重傷的景勝，如今竟然和治茂成為投補搭檔，真是一段非常奇特的緣分。但這也讓巧歆十分好奇，他們究竟是如何化解這尷尬的相逢。

巧歆藉由長年觀看棒球比賽的豐富經驗，早已成為場外專家，一開賽很明顯可以感受到治茂差點又陷入自爆模式，後來是在景勝的指揮下才穩住陣腳，而且愈投愈穩。雖然元台打者整體表現並不如代表隊那麼厲害，但治茂到目前為止的投球內容，可說是完全不輸給元台的王牌投手奇興。但無論如何，巧歆還是無法理解，為何治茂會當上中華白隊的隊長。

見到巧歆倚著圍網陷入沉思，緯輝小聲說著：「呃，學姊，沒有別的意思，不過學姊腳不太方便，站那麼久是不是不大好，要不要進來我們場內的ＶＩＰ座位呢？吳教練也認識學姊，我去跟吳教練說一聲就好——」

「哎呀，不用麻煩了——」巧歆輕皺眉頭說著。「我等一下有事就走，又不一定會看到最後——」

緯輝其實非常明白，巧歆根本不太可能離去，但都這麼說了，也不好意思再繼續強求。不過緯輝倒是真的有點擔心，巧歆的腳有著先天痼疾，又已在場外站了那麼久，不知道是否會有不良影響。

六局上半，代表隊依舊沒有突破奇興的封鎖，隊上身經百戰的國手群，儘管一路攻勢不斷，卻又屢屢被敵隊投手化解危機，更讓這些代表隊選手顯得有些焦急。一場因為實力相差懸殊而被外界預期必勝，甚至是大勝的比賽，卻在元台高中王牌投手的強力封鎖下，打得處處制肘。

原本還對冶茂頗為不屑的同隊隊友，想想要不是因為元台高中也被冶茂精彩表現所壓制，若稍有不慎讓元台高中先馳得點，中華白隊所面臨的必勝壓力，更會因此無限膨脹。

六局下半冶茂依舊還是投出許多大軌跡的滑球，並搭配速球及變速球，又讓元台高中的學長們吃下兩張老K。到了七局上半，代表隊首名打者終於在無人出局下，就從奇興手中敲出一支深遠的二壘安打。吳教練眼看奇興因為對付代表隊的國手群，儘管已經充分展現他的王牌架式，但因為各個打者都不是省油的燈，雖然一路成功封鎖代表隊的攻勢，卻也讓奇興的累積用球數達到需要注意的地步。

吳教練上場叫了個暫停，並登上投手丘和奇興交頭接耳。其實元台高中的所有隊員都很清楚，隊內第一好手就是奇興，而陣中第二把交椅就是冶茂。雖然冶茂和奇興還有段差距，只要沒有點燃自爆模式，冶茂還是有其強大的壓制力，但此刻冶茂身在敵營，若是奇興下場，接替的後援投手等級落差太大，又要面對代表隊的強大火力，結果自然可想而知。這也是為何就算吳教練想把奇興換下，奇興再怎麼樣也不肯輕易放棄這個得來不易的平手局面。

吳教練下場後，代表隊輪到強棒鐵捕景勝。景勝站上打擊區後，眼神銳利盯著投手丘上的奇興。奇興儘管略顯疲態，卻也還是板起面孔等待捕手明原的暗號。等到奇興振臂高揮奮力投出後，景勝眼看一顆失投球就要進壘，毫不猶豫大棒一揮，結結實實擊中球心，是一記相當深遠的高飛球。

景勝擊出球後，俐落將球棒往後一甩，頭也不回向前跑去，並伸手指向代表隊休息區，又輕敲著自己的胸膛。坐在休息區的冶茂，這時才會意到，景勝學長的這個手勢，完全是對著自己所做出的動作。

看著球飛出的速度及弧度，在場的所有球員，無論是元台高中或是代表隊，都很明白這一球的結果，這也使得元台高中的中堅手跑沒幾步，就放棄追逐這支特大號的全壘打。

「好帥啊！」馨瑩小聲叫著。

儘管敵對的代表隊擊出打破僵局的兩分砲，身屬元台高中的馨瑩，還是忍不住讚美景勝的帥氣動作。

即使奇興的強力封鎖終究還是破功，但吳教練非常明白，面對代表隊這種全國菁英的打者群，奇興今天能夠一路壓制，已算是投出一場非常優質的經典好投。

後面的結果，正如吳教練所預期，中華白隊在強棒鐵捕兩分砲的帶動下，這下所有打者總算一改前幾局的沉悶攻勢，在連續擊出兩支安打後，元台高中又出現一次失誤，無可奈何下，吳教練只好換上接替的一年級選手，這個位居冶茂之後的第三號投手。

不過這名投手好不容易抓到兩個出局數，又被連續擊出三支安打，包括了一支陽春全壘打，這也使比分一下就拉開到了七比零。

元台高中又換上了另一名三年級投手，總算結束了代表隊這局的強力攻勢。在休息區歇息已久的冶茂，這時總算可以再次登板。

「咦？學姊妳要走了？」緯輝對著場外的巧歆問著。

「唉，我們元台都大勢已去，後面的投手哪壓得住，要不是已經撐過七局上半，真的就要被Call Game了——」

「可是，還有另一項重大里程碑，學姊真的不想見證？」緯輝挑眉說著。

「噓——」巧歆輕皺雙眉。「阿輝伯，你不要說破！」

「嘖，可見學姊妳也惦記著，幹嘛還假裝要離開——」

「你不要吵啦！」巧歆瞪大雙眼說著。

不過兩個人隱誨的言語，讓本來就搞不清楚狀況的馨瑩，更是摸不著頭緒，只能靜靜聽著這兩人莫名其妙的對話。

儘管冶茂在前個半局因為休息過久，確實令人擔心身體是否冷卻而影響投球，不過七局下半，或許因為比賽接近尾聲，而比分一下就被拉大，元台高中原本高昂的士氣幾近瓦解，這也讓冶茂輕輕鬆鬆又投出了一個三上三下。

八局上半，這才是元台高中另一個惡夢的開始，第三任投手依舊壓制不住代表隊的猛攻，一下子又失去五分，使比分來到了十二比零，再次動用到一年級的新生投手，這才總算讓這半局順利結束。

「唉，真想看老大完成這個傳說——」緯輝趁著攻守交替的空檔又晃了出來。

「阿輝伯，你閉嘴！」巧歆雙眼微睜說著。

緯輝露出訕笑，沒有想到巧歆會如此迷信。該說可能比他們球員都還要相信這一套，任何紀錄目標只要在比賽中說出來，都會變得很容易破功。

不過緯輝的笑容，一下就消失殆盡，因為休息區的吳教練突然走了過來，並相當不悅怒斥著：「陳緯輝，都什麼時候了，你還在這裡把妹，我早就知道你一直跑來這裡哈拉，你以為我是來阻止你把妹的嗎？還不快去準備，下一局你要上場接替明原蹲捕。」

「什麼！」緯輝瞪大雙眼說著。「報、報告教練，我還沒準備好要面對這麼恐怖的隊伍啊——」

吳教練搖搖頭，邊拉緯輝邊說著：「少囉嗦，機會難得，反正比分差那麼遠了，上場磨練、磨練，震撼一下也好！」

見到緯輝總算狼狽離去，巧歆不覺笑了出來，一旁的馨瑩見到剛才那滑稽的場景也微微一笑。

八局下半元台高中似乎有放棄比賽的意味，分別換上一、二年級的選手上場接替，這讓冶茂投得更加輕鬆，不出十五顆球就順利解決三名打者。

九局上半，代表隊已顯得有些疲累，很想趕快結束這場比賽，不過元台高中換上的投手，等級只是愈來愈弱。儘管代表隊不想過於積極進攻，卻還是又攻下了五分，讓比分擴大到了十七比零。

到了最後的九局下半，輪到元台高中的二、三、四棒中心打者群，不過因為已經換過一輪球員，這些打者自然也不是冶茂的對手，一下就順利解決了前兩名打者。

不過剩下的最後一名打者，冶茂由於也不是很注意元台的調度，等到第四棒站上打擊區，這才發現打者是自己的平日跟班緯輝，冶茂這才驚覺，捕手明原學長不知道什麼時候已經下場休息，才會換上「阿輝伯」緯輝接替。

冶茂看到緯輝登場打擊，表情與動作都顯得十分僵硬，這讓冶茂看了不覺有些好笑。儘管冶茂內心竊笑不已，卻還是不敢表現出來。

緯輝能夠親眼見證這歷史性的一刻，自是難掩興奮之情，不過若是擊出安打，會讓老大的紀錄破功，但這難得的正式對決機會，也讓緯輝想要好好掌握。

冶茂第一球就是一顆快速直球，讓緯輝根本來不及反應就揮了大空棒。第二球又是一顆進壘點奇佳的滑球，緯輝這次雖然抓準時間，卻因為球進壘前向外角拐了出去，依舊還是揮了大空棒。連揮兩個空棒後，緯輝總算意識到先前的擔憂只是多餘，由於實力差距，想從老大的手中碰到球都有困難，更別說是擊出安打。

迅速取得兩個好球數後，也讓冶茂渾身充滿自信。景勝學長配出了變速球的暗號，但不知道是否因為今日後半段過於順利，以及深知緯輝的打擊習性，冶茂想再以一顆直球與緯輝對決，好讓這場比賽畫下完美的句點。

冶茂刻意無視景勝學長的暗號，高抬左腳奮力揮臂，這顆速球控得出奇精準，進壘點雖在好球帶邊緣，但冶茂確信這絕對會是顆好球，比賽總算就要結束。

緯輝眼見速球就要進壘，比賽結束的歷史時刻就要來臨，老大的傳奇就要完成，自己可以成為最後的歷史性人物，即使被三振也是倍感光榮，瞇著眼睛奮力揮擊。

「啊，花惹發——」冶茂驚叫一聲。

緯輝的奮力揮擊竟咬中球心，讓這顆速球迅速反彈出去，不僅如此，緯輝還朝冶茂丟了一個恐怖的大「贈禮」，讓冶茂嚇得差點魂飛魄散。

原本休息區中死氣沉沉的元台高中球員，因為緯輝這驚天一擊，全都一躍而起，各個都想從休息區衝出來慶賀，而場外的觀眾更是發出震耳欲聾的驚叫聲。

冶茂瞪大雙眼看著阿輝伯的「大禮」，靈巧閃過「賀禮」後，又看到阿輝伯要跑不跑的猶豫模樣，更讓冶茂不禁碎念起來：這個死阿輝伯，真的有必要這樣，對自己的老大如此自相殘殺？

◎第六棒：不管藍的、白的，都很棒好嗎？

「哈！哈！哈！」

在休憩小站中傳來了治茂的開朗笑聲。

「阿輝伯——你——哈——」治茂想要開口，卻因為憋不住笑，讓臉部有些扭曲變形。

「老大，你不要再這樣虧我了，真的很糗啦！」緯輝輕皺眉頭說著。

治茂已完成中華白隊與五間高中的練習賽，雖然後面遭遇的對手，整體實力都在元台高中之上，不過因為團隊經過磨合，再加上後幾場比賽前幾局就已經先馳得點，儘管最後比分並沒有如第一場差距這麼大，但打起來似乎還可說是比較輕鬆，最後以五場全勝的姿態，要與同樣全勝的中華藍隊進行決賽。

經過一番努力後，治茂總算忍住笑意，並開口說著：「阿輝伯，可惜那場比賽沒有轉播，不然你絕對也會以初登場就差點『秒殺』代表隊投手的絕技登上媒體的！」

「對啊、對啊——」巧歆整理完飲料櫃後也湊了過來。「想不到你會在最後一刻出現那驚天一轟，尤其是揮擊以後的動作，真是嚇死大家了！」

「哎呀——」緯輝輕嘆了口氣。「我只是想說馨瑩一直稱讚景勝學長很帥，才會模仿一下景勝學長的帥氣動作，誰知道會變成這樣——」

聽到緯輝如此說著，治茂又再次狂笑不已。

緯輝沒有理會治茂的調侃，反而開心地說著：「話說老大真的投出代表作了！可喜可賀，看那些隊上的學長，以後還敢再說什麼！」

「哼——」巧歆冷哼一聲。「不過是僥倖罷了，剛好狀況比較好，所以才沒有自爆而已。」

「哎喲，學姊——」緯輝轉身對巧歆說著。「幹嘛表現這麼冷漠，妳明明就很關心老大，聽馨瑩說老大完成紀錄後，明明元台高中慘敗，學姊卻還高興得不得了，我也知道學姊一直默默——」

緯輝還沒說完就被巧歆摀住嘴巴，見到治茂露出得意的笑容，讓巧歆更不是滋味，趕緊岔開話題數落著：「死阿輝伯，你那驚天一轟後，球棒為何不甩得精準一點，把這混蛋也打下場，就沒有那個僥倖的無安打紀錄了。」

原來先前的元台大戰，緯輝最後一球的擊球手感極佳，又看到了球飛出去的強勁軌跡，以為會是一支全壘打。雖然會讓治茂的無安打比賽破功，覺得有些過意不去，但木已成舟也無法挽回，更為了得到馨瑩的大力讚賞，突發奇想決定學景勝帥氣甩棒。但不知為何，也許過於緊張，竟將球棒朝投手丘上的治茂用力甩去，好在治茂反應夠快，這才順利閃過緯輝給的這個「大賀禮」。

結果這支看似全壘打的飛球，本來就很接近左外野邊線，飛行一段距離後，真的被風吹到界外，成了一支特大號的界外全壘打。但因為朝投手丘甩棒的緣故，緯輝直接被主審驅逐出場，由於是練習賽的關係，主審更直接裁決比賽結束，也讓冶茂完成了這場無安打完封的經典佳作。這種戲劇性的結局，也讓冶茂每次想到都會狂笑不已。

「哎呀，巧歆學姊，話別這麼說——」冶茂刻意學起緯輝的叫法。「我其實並沒有因為那場比賽沾沾自喜，反而是有點擔憂後天決定國手名單的藍、白對抗賽，雖然我們隊應該是由南強高中的王牌鴻濟學長先發，不會有我上場的份，但那黑嘴教練的作風，誰也無法預料，只怕又會突然被叫上場——」

「喂、喂、喂，林冶茂小妹妹——」巧歆輕皺雙眉說著。「怎麼聽起來感覺你好像很怕上場，你不還是白隊的隊長嗎？怎麼那麼沒責任感？」

「唉——」冶茂輕嘆了口氣。「這個真的一言難盡——」

儘管對元台高中的比賽，冶茂投出了佳作，但並沒有讓他在白隊中的地位有所改變。除了原本就對他極為不爽的鴻濟等人，在這幾場比賽的共宿中，很明顯刻意排擠冶茂。就連在比賽中給予冶茂極大鼓勵的景勝學長，比賽結束後彷彿翻臉不認人，對冶茂還是一如往常的冷漠。

原以為經過一整場比賽的合作後，至少可以和景勝學長的關係有所改善，但這一切只是冶茂的空想。或許更可說景勝學長相當稱職，只是在比賽場上扮演好隊上核心人物的捕手角色，並不代表他會就此對冶茂的觀感有所改變，這也讓冶茂覺得非常受傷，僅能繼續在隊上扮演掛名的隊長角色。

治茂一想到此，向來開朗的他，卻也陷入愁雲慘霧，這讓原本還想再跟治茂開開玩笑的巧歆，也不覺感染了那份沉重氣息。

台中洲際棒球場，又迎來了另一個晴朗的午後，場內聚集許多練習傳球的年輕球員，不過場邊並沒有任何觀眾，但場內這數十名球員雖然各自穿著不同的球衣，但明顯可以看出這三十六名球員分成兩大群體各自團隊練習。

「集合！」

李總教練出現在球場中高聲喊著，一旁還有幾名身穿正式服裝的裁判。

戴著墨鏡的李總，在豔陽的照耀下，鏡片閃閃發亮，看了看已就定位的藍、白兩隊球員，李總繼續開口說著：「今天就是決定由哪一隊來成為正式國手的關鍵日子，我相信大家經過五場的練習賽，應該很有心得，我就廢話不多說，比賽正式開始吧！」

中華白隊由王牌左投鴻濟擔任先發，而藍隊也由陣中最強投手登場，雙方的先發名單可說是精銳盡出。

鴻濟在先前的練習賽中表現不俗，面對強勁的球隊，依然展現其卓越的Ｋ功。儘管因為刻意要保留至藍、白對抗決賽上場，所以只小試身手投了五局，但依舊還是投出了優異的９Ｋ。

見識過鴻濟超乎想像的優異投球，可說是當今台灣高中棒球界的第一王牌，聽起來也只有穀沼高中的陳育航能與其相抗衡，治茂也很能理解自己和這種真正的王牌相差太遠，這也難怪鴻濟會如此不屑與治茂為伍。

由於沒有先發上場，治茂也只是坐在休息區待命，雖然治茂覺得以鴻濟的近況看來，應該不至於會出現什麼大問題，但賽前練習時，治茂依舊不敢大意。儘管因為白隊陣中比治茂還強的投手還有兩名，雖然其中一名前幾天才完投比賽需要休息手臂，上場機率較低，但至少在治茂前面還有另一名投手學長頂著。這樣一來，治茂出賽的機率確實不高，但總是很怕又有什麼突發狀況而被臨時換上。

賽前屬於藍隊的建仲，儘管分屬不同陣營，還有特別來和治茂打了招呼，這讓一直倍感孤獨的治茂，感到相當溫暖。

中華藍隊先攻，由白隊王牌投手鴻濟對上藍隊打者精英。可以明顯感受到鴻濟與景勝真的是多年搭檔，兩人舉手投足間所展現的默契，旁人都可以明顯感受，更因為如此，鴻濟的投球動作不但流暢，就連投球節奏也快上許多。

前幾局鴻濟依舊展現其強投風範，僅僅被藍隊打者擊出零星幾支安打而沒有失分，而藍隊投手也表現不俗，雙方一直以零比零僵持不下，一直到了五局下半，靠著白隊打者的串聯安打，總算突破僵局，攻下了寶貴的兩分。

有了兩分的領先優勢，六局上半鴻濟更是吃了強力定心丸，眼見一下又順利解決兩名打者，面對上場打擊的建仲，取得兩好球的投球優勢，卻在下一球被打球技巧極佳的建仲咬中球心，擊出投手前的強襲平飛球。

「糟、糟糕——」在休息區的治茂驚叫了一聲。

這顆強襲球擊中了鴻濟的左手手臂，鴻濟雖然吃痛，卻還是迅速下丘將滾落一旁的球撿起，並奮力傳往一壘方向。

不過這球一出手，明顯已經偏離一壘方向，可以猜測剛才的強襲球，已讓鴻濟的左手投球動作受到影響。

眼見鴻濟投出了一個大暴傳，建仲一溜煙便趁勢跑到了二壘。

踏上二壘後，白隊的一壘手也已將球撿回，並作勢傳球，以嚇阻建仲再往三壘壘包推進的強烈企圖。

建仲站定二壘壘包後，先是拍了拍撲向二壘時在身上留下的紅土，緊接著對投手丘旁一臉痛苦的鴻濟脫帽致歉。

兩人雖然分屬不同隊伍，而這又是場上很難避免的意外，不能算是建仲的錯，但畢竟同屬國家代表隊選手，還是讓建仲非常過意不去。

此時白隊的捕手景勝及內野手都已圍向投手丘旁觀看鴻濟的傷勢，鴻濟的表情仍然相當痛苦。治茂即使遠在休息區，都還是可以看出鴻濟的左臂已經有些紅腫。

見到白隊一群人圍在內野區，並沒有要解散的意思，這時李總已從休息區走入場內。

儘管雙方的出賽名單是由藍、白兩隊的隊長署名提出，雖然不知道藍隊的狀況，但在白隊中，實際上先發名單及棒次是由副隊長景勝所擬定的。

前五場與各所高中的練習賽，白隊雖由李總陪同出賽，但原則上李總並不會對場中狀況下達任何戰術，頂多就是執行更換選手的動作。

見到李總進入場中，治茂這才驚覺到這場藍、白對抗決賽，雙方的教練都是李總，這樣李總不就俱備操控比賽結果的生殺大權。不過或許因為如此，李總一直沒有干涉戰術，只有像現在這種特殊狀況才會上場。

李總上前觀看鴻濟傷勢後，儘管看得出來鴻濟相當懊惱，但還是緩緩走下投手丘。任誰都看得出來鴻濟無法繼續投球，必須下場休息。

白隊休息區響起此起彼落的掌聲，迎接這位強投的歸來。治茂原本也跟著其他球員鼓掌，但沒多久他突然意識到另一名投手學長已經不在休息區，而早在鴻濟遭到強襲的那一刻，就已經前去一旁練投暖身。

雖然看狀況應該會是這名學長接替投球，但治茂一點也不敢大意，也趕緊拿起投手手套準備暖身。

果不其然，那名提前練投的學長，不久後被叫上場接替投球。

原以為今天上場的機率不高，但現在鴻濟突然下場，也讓排在治茂前一順位的投手提早上場。比賽才進行到六局上半，也不知道這名接替上場的投手，是否能順利投完後面幾局，這讓治茂突然覺得渾身上下不大對勁。

「你來幹嘛！唱衰我們隊嗎？」

治茂帶著手套趕往練投區時，被還留在練習區蹲捕的學長訓了一句。

「呃，也不是啦——」治茂搔搔頭。「因為學長後面如果需要的話，照教練之前的調度就會是我上場，想說先來練習一下——」

「胡扯，對我們第二王牌那麼沒信心嗎？還輪不到你上場呢！」

治茂被這名學長白眼後，只好又帶著手套走回休息區。不過治茂不敢大意，還是在休息區作著暖身動作。

接任投手一上場，就面臨著兩人出局、二壘有人的局面。不過這名投手也是身經百戰的好手，面對腹背受敵的局面，也絲毫沒有畏懼之意。

先是一個好球後，連續投了兩顆邊邊角角的壞球，卻沒能誘使打者出棒，在一好兩壞的情況下，再次投出了一個壓低的球路，原以為打者就算揮棒也難以擊球，但想不到打者技高一籌，硬生生將球推打出去，越過三、游間形成一支巧妙的安打。

在兩人出局的情況下，藍隊二壘上的跑者建仲，腳程原本就很快，又提前起跑，在球還沒在外野落地前，就已經接近三壘壘包，等到踏過壘包後，更是頭也不回直接奔向本壘。

左外野手臂力自是不弱，但建仲腳程更快，回傳球尚未傳進捕手景勝手套前，建仲早就一個漂亮滑壘得分，而打者也趁著外野長傳的空檔，趁機上到了二壘。

這支適時安打的出現，讓雙方比數拉近到了僅有一分之差的二比一。儘管兩人出局，得點圈上依舊還有跑者。

雖然尚有一分領先，此刻投手仍舊面臨不小的壓力。

捕手景勝站在本壘板後方，對投手打了個暗號，但投手似乎沒有看懂，景勝只好向裁判要求暫停，直接走向投手丘和投手溝通。

暫停結束後，投手再次進行投球準備動作，果然還是擁有大將風範，也可說是捕手景勝的配球策略奏效，猜中打者揮擊第一球的心態，以刻意壓低的球路，讓打者擊出二壘方向的內野滾地球，二壘手接到後順利傳向一壘完成刺殺，總算解除這半局繼續失分的危機。

攻守交替後，六局下半白隊三上三下，不過在白隊還沒開始進攻前，景勝就將冶茂及二號捕手叫了過來，並要求冶茂趕緊到練習區練投。不過儘管上個半局接替的投手，被打者擊出安打，失掉了一分，下一名打者還是充分展現其壓制力，不知為何景勝學長會如此要求，令冶茂大感不解。而上半局下場的鴻濟，經由防護員檢視及簡單處理後，已重回球場休息區，所幸初步檢查結果並沒有傷及骨頭，僅是嚴重的瘀青、血腫，但由於受傷部位是鴻濟的投球手臂，也不適合繼續投球，需要好好休養。好在李總當機立斷，直接更換投手，或許換個角度思考，也可說這是李總刻意安排給白隊的考驗。

到了七局上半，白隊投手順利解決一名打者後，面對下一名打者，卻投出一顆明顯的壞球，讓景勝趕緊向主審要求暫停。上前和投手溝通後，投手還是再次投出一顆壞球，景勝只好再次上前關心。

上半局接到景勝學長的練投指令，儘管治茂不知道原因為何，但也不敢多問，或許因為這場關鍵比賽進入後半段，比分又如此接近，場邊還是需要有人隨時準備比較放心。即使治茂在場邊認真練投，卻還是衷心祈禱，這場比賽最好沒有上場的機會。

不過景勝學長已經連續兩球，都主動前往投手丘關切，也許真的出現了什麼狀況。但明明先前還投得好好的，到底會是怎麼了呢？

和投手再次溝通完畢，景勝回到本壘板後，沒有停下腳步，反而繼續走向坐在休息區的李總。

沒多久，景勝轉身向投手比了手勢，投手竟然緩緩走下投手丘，而李總此刻也向治茂這邊比出了上場的手勢。

「什麼？」治茂瞪大雙眼無法相信。

治茂小跑步到李總身旁，和下場的投手學長交錯而過，這才瞥見學長的右手手指正在滴血。也許身為捕手的景勝，上個半局早就察覺異狀，所以才會先叫治茂趕緊熱身。

「林治茂，換你上場了──」李總露出一副事不關己的模樣。

七局上半，一人出局，白隊暫時以二比一領先，而這場比賽將是決定由哪一隊成為正式國手的關鍵之戰。一想到此，治茂的雙腿不覺有些發軟。

景勝學長走向治茂，拍拍治茂的肩膀，只說了一聲加油，便頭也不回走向場中。治茂回頭看看休息區，裡頭的白隊隊友，全都刻意與治茂避開眼神接觸，或許這些隊友對於治茂需要上場也感到相當無奈。而負傷休息的鴻濟，儘管到目前為止，還是勝投候選人，卻顯得相當沮喪。

或許原本狀況不錯的鴻濟，本想帶領白隊打下關鍵一戰，卻遇到這種狀況。如果接替的投手能順利完成後援工作，那還沒有話說，但今天白隊可說是運氣極度不佳，竟連接替者也遇上投手最怕遇到的指甲斷裂問題。

現在也只能指望治茂能好好守下領先局面，但其實還有另一個更大的問題，就是白隊在治茂之後已經沒有投手，除非要動用到另一名還在休息手臂的選手，但為保護選手投球生命，也沒必要如此冒險。

要是在平時，鴻濟和其他幾名學長，一定會在治茂離開休息區前數落幾句，但今天的情況有些危急，白隊只能默默目送治茂離去。

儘管治茂也是千百個不願意，但還是只能硬著頭皮登上投手丘。

練投完畢後，治茂繼續面對前一名投手學長所留下的打者，球數直接由沒有好球兩壞球開始。

即使目前白隊仍有領先優勢，但治茂仍舊相當不安。不僅因為比分接近，比賽又進入後半段，更因為治茂之後已無投手，更讓治茂感受到無比的壓力，壓得他都快喘不過氣。

就在治茂準備投球前，景勝學長先站起來請求暫停，原以為景勝學長要上前說些什麼，結果只是稍微調整護具，不過之後又對治茂悄悄拍拍胸前護具。

治茂這才明白，景勝學長其實早已發現自己過度緊張，才刻意叫了這個暫停。

不知道為什麼，治茂在看過景勝學長傳來的這個暗號手勢後，竟然覺得身體變得較為舒暢。再次與景勝學長做好暗號交換，治茂投出了拿手的滑球，滑出外角的幅度比想像中還要大，已經跑出了好球帶，不過進壘點看似好球，也成功誘使打者揮了空棒。

「呼——」

治茂輕呼了口氣，總算暫時卸下心中的那塊大石。要是依據過往習性，治茂登板的第一球，常常容易投出壞球，如果剛剛那球也是如此，一下子就會形成沒有好球三壞球的絕壞情況。

繼續投出快速直球，也投進了景勝的配球位置，不過打者並沒有出棒，但卻是一顆好球。

球數來到兩好兩壞，這讓治茂愈投愈有信心，第三顆變速球成功誘使打者提早揮棒而遭到三振出局。

打者遭到三振後，景勝學長又再次悄悄拍拍胸前護具打出暗號，而投手丘上的治茂，這次總算露出了靦腆的笑容。不過治茂一下就斂起笑容，因為他知道儘管兩人出局，還是要好好對付下一名打者，才能讓這半局順利結束，並讓球隊的領先優勢，穩穩推向最後兩局。

治茂最後在景勝的配球下，順利結束七局上半。七局下半藍隊換上了第二任投手，不過這名投手也是所屬高中第一王牌，很快又讓白隊打者三上三下。

綜觀白隊到目前為止的攻勢，其實也只有五局下半，靠著串聯安打得到寶貴的兩分，之後幾局打擊幾乎完全熄火。

八局上半，冶茂愈投愈穩，也還以對手三上三下，而下半局白隊的進攻，雖然總算擊出一支安打，但後繼無力，依舊沒有斬獲。

比賽總算進入最後關鍵的九局上半，如果冶茂能夠順利封鎖藍隊，中華白隊將正式成為青棒國家代表隊選手。

投球表現可圈可點的冶茂，也讓所有白隊球員對他寄予厚望。

冶茂在捕手景勝的引領及隊友的守護下，順利解決前兩名打者。

「就剩最後一名打者了──」

站在投手丘上的冶茂深吸了一口氣，只要再穩穩投完，這場比賽就能順利結束。一想到此，冶茂雙腿有些發軟，身軀不覺微微顫抖，總感覺這一切很不真實。

「啊！」

冶茂面對最後一名打者，第一球投出後便驚叫了一聲。

這顆內角球有些失控，竟不偏不倚打在打者身上，形成了觸身球，也讓打者上到了一壘。

其實這顆球的球速並不是特別快，打者要閃過並不困難，可以說是技巧性的「故意」觸身，使出這種苦肉戰術，也可知道儘管兩人出局，藍隊也還不願放棄比賽。

下一名打者，又輪到了今天打擊狀況極佳的建仲。

兩人出局，一壘有人的藍隊，一壘上的跑者代表追平分，而上場打擊的建仲更代表了超前分，這也讓冶茂頓時面臨了極大的壓力。

景勝再次拍拍胸前護具，示意要治茂不必緊張，穩穩抓到最後一個出局數比較要緊。

見到景勝學長的打氣手勢後，治茂只是深吸了一口氣。即使平時室友建仲對治茂總是嘻皮笑臉，可算是整個代表隊成員中，對治茂最為友善的人。但此刻站在打擊區上的建仲，神情相當凝重，更可說是無比專注。身上揹負全隊命運的建仲，想必其所承受的壓力，自然不比治茂還小。

治茂同樣也還以建仲相當銳利的眼神，和景勝學長交換暗號後，向建仲投出了由打者內角拐向好球帶的拿手滑球。

建仲站著沒有出棒，不過主審已高舉好球。接著治茂再連投兩顆邊邊角角的引誘球，但建仲沒有上當，反讓球數形成一好兩壞。

治茂再次依照景勝學長的配球，準備繼續投球，不過就在治茂抬腳之時，一壘上的跑者竟然起步往二壘狂奔，為了掩護壘上跑者，建仲這次總算出棒，不過這顆邊邊角角的球路本身就不好擊中，其實可以明顯看出，建仲是刻意掩護才會出棒。

強棒鐵捕景勝的抓盜壘能力，向來在高中界就素負盛名，敢膽在這種兩出局的關鍵時刻挑戰，也讓景勝有些意外。但景勝剛接到球，一下就跳了起來，跨出一步便直接將球奮力傳向二壘。

治茂見狀後直接在投手丘上蹲了下去，而這球傳得很快，但因為事出突然，球傳得有些偏離二壘壘包，使得二壘手跨出一步接球，再回身觸殺跑者，還是慢了半秒，讓跑者成功盜上二壘。

景勝看向二壘方向，神情帶有一絲懊惱，和主審要求暫停，慢慢走向治茂。

治茂當然知道景勝學長已經盡力，但這跑者速度很快，更可以說治茂和景勝都完全沒料到藍隊敢採取這麼大膽的戰術。

因為李總並不會對兩隊下達任何戰術，這個盜壘明顯是壘上跑者抓中守方的大意心態，再加上跑者對自己腳程很有信心，才會有如此大膽的舉動。況且就算景勝沒有稍微傳偏，也不一定能抓到這名跑者。

景勝學長走到治茂身邊後，壓低聲音說著：「我的錯，不要在意，再一顆好球就夠了！」目送景勝學長離去後，治茂踢踢投手丘上的紅土，兩人出局、二壘有人，僅有一分的領先，只要出現任何一支穿過內野的安打，很可能就要失分。

治茂不願多想，就像景勝學長剛才說的，再一顆好球就夠了！

回頭看了一下二壘跑者，跑者見狀後還刻意有些挑釁，不但沒有回壘，還想要再往前跨進一步。

治茂當然很明白這是跑者故意想擾亂投手的投球節奏，惦記著景勝學長的那句話，治茂絲毫不受影響，只是轉身回去，再次面對打者建仲。

看著景勝學長的指示，治茂點點頭後，向本壘板方向再投出一顆拿手滑球，被建仲順手一推弄成了擦棒界外球。

治茂暗叫可惜，要是建仲沒有揮棒，一定會是一顆好球，就可以順利結束這場比賽。

球數依舊是兩好兩壞，決定是否能順利成為國手的重要時刻就要來臨。

「只要再穩穩解決這名打者就好──」

治茂心裡默默念著，再次深深吸了口氣。

高抬左腳奮力揮臂，治茂在危急時刻依舊控球精準，投出了一顆刻意壓低的快速直球。然而建仲似乎早有準備，鎖定這顆直球，咬牙全力揮擊。

就在建仲奮力擊球的那一瞬間，治茂覺得這個場景非常熟悉，彷彿看到上次對戰元台高中，最後一名打者緯輝揮擊的那幅畫面。

不過這次建仲揮棒後並不像緯輝還把大棒甩進場內，而是拎著球棒往一壘方向奔去。

儘管這顆又高又遠的強勁飛球非常貼近邊界飛行，很可能會是界外球，但拋出球棒的建仲依舊往一壘方向全力衝刺，並展現奔向二壘的企圖。而二壘上的跑者早在建仲揮擊的那一瞬間就已起跑，一下就繞過三壘往本壘直奔而去。

白隊的外野手也從球被擊出的那一刻，就開始往邊線方向拚命後退，一直跑到接近全壘打牆邊還是沒有停止。

等到外野手身體貼在全壘打牆前，抓緊時機使盡氣力往上一躍，儘管已經跳得非常高，這顆球還是以更高的位置越過全壘打牆，形成一支逆轉比數的兩分全壘打。

藍隊的隊員再也按捺不住情緒，全都從休息區衝了出來。

治茂目送這顆小白球越過全壘打牆後，再回身看到藍隊的欣喜若狂，以及白隊的全員沉默，治茂不禁雙腿一軟，在投手丘上跪了下來。

「就只差一顆球——」

治茂一想到整場比賽，白隊所有伙伴的努力全都化為烏有，一路領先到九局上半，眼看比賽只差一顆好球就要結束，卻在他手中砸鍋。

這麼多人的努力全都白費了，更何況還關係到白隊所有伙伴的國手夢。治茂想著想著，眼眶不禁有些泛紅。

不知道什麼時候，不僅景勝學長已經出現在身旁，就連其他內野手也都圍了過來。

「蠢蛋，比賽還沒結束！」

景勝學長右手握拳輕敲了治茂的肩膀說著。

出乎意料之外，其他野手似乎也沒有責怪之意，一個接一個輕拍治茂的肩膀，便轉身回到各自的防守位置。

「比賽確實還沒結束——」

治茂看看身旁的野手及蹲在本壘板後方的景勝學長，深深吸了一口氣後，繼續站上那個他剛剛跪地不起的小土丘。

重新振作後，治茂順利解決掉下一名打者，總算結束藍隊九局上半的進攻。不過因為建仲的兩分砲，也讓比數逆轉為三比二，白隊落後一分，更使九局下半反成為白隊的最後反攻機會。

「謝謝——」

治茂重回休息區後，就見到包紮著左臂的鴻濟走了過來。原以為鴻濟是想過來數落幾句，但沒想到將學長的勝投砸鍋，卻還對自己說了聲「謝謝」，這讓治茂一時之間有些錯愕。不過鴻濟小聲說完便匆匆離開，也使治茂相當懷疑該不會只是自己的錯覺。

九局下半，藍隊換上另一名以速球聞名的強投，白隊的前兩名打者在投手快速球及變速球的巧妙搭配下，竟然都遭到了三振。

儘管白隊依舊還是有很強烈的求勝意志，但因為壓力過大，似乎也顯得有些急躁，揮擊了一些較為明顯的壞球，或許也可說是投手的快慢速差奏效。

第三名上場打擊的打者，總算靜下心來，選到了四壞球保送。

兩人出局，一壘有人，輪到上場打擊的是強打捕手張景勝。

與上半局的場景相似，白隊一壘上的跑者也趁勢盜上二壘，不過景勝為了掩護，也刻意揮了大空棒。

投手一下子就取得了兩好球沒有壞球的絕對優勢，不過景勝一路和投手纏鬥，只要是邊邊角角的球路，都不敢輕易放過，盡可能直接破壞成界外球，以爭取繼續進攻的機會。靠著破壞與仔細選球策略，景勝總算熬到了兩好三壞，充分展現其不願放棄比賽的堅強意志。

「再一支安打就好、再一支安打就好、再一支安打就好——」

治茂輕瞇雙眼，不敢直視場中的一切，只是雙手合十不斷祈禱著。

不僅治茂如此期盼，更該說所有白隊成員想法全都一致，更不用說是場上與投手持續纏鬥的景勝。

面對久攻不下的對手，藍隊投手漸露疲態，並有些失去耐心，但這就是景勝所想要的結果。站在打擊區上的景勝，依舊眼神專注盯著投手丘上的投手，而藍隊投手更是怒目相視還以顏色。

投手繼續投出，景勝總算逮中投手的拿手球路揮擊，因為已經是兩人出局、兩好三壞的情況下，原本在二壘上的跑者，早已隨著球一投出就提前起跑，往三壘方向直奔而去。

景勝大棒一揮，敲出一支一、二壘之間的強勁滾地球，藍、白兩隊隊員早已衝出休息區，準備迎接各自隊伍所想要的最佳結局。

藍隊二壘手施長義快步往一壘方向奔去，接著向前一躍，飛身撲接想要將球攔下。不管來不來得及刺殺一壘跑者，只要球能攔下來，二壘上的跑者就算上到三壘，也不敢貿然繼續回到本壘。

不過景勝這次擊球點實在太好，是一支非常強勁的滾地球。這球速之快，讓二壘手施長義儘管已經飛撲而去，還是慢了一步，因而形成一支穿越一、二壘之間的安打。

白隊休息區的球員全都衝了出來，治茂更是全身顫抖不已，不由自主又跳又叫，儘管喉嚨已經嘶啞、眼眶已經濕熱，治茂依舊無法停止這份悸動，心裡不斷默想著：「只要追平、只要追平、只要追平就好，就算要繼續投到第十二局，我也無怨無悔！」

眼看二壘跑者繞過三壘後，沒有停下腳步，趁勢就要直奔本壘，而景勝算準外野手一定會嘗試長傳本壘，來阻止白隊追平比數，因此景勝繞過一壘後，更使出渾身解數向二壘狂奔而去。如果景勝能成功，在平手的狀態下，兩人出局、二壘有人，更是白隊再見比賽的大好時機。

藍隊的右外野手劉建仲，原本就有些趨前防守，更在景勝擊出球的那一刻，就已往內野方向衝去。而這球由於過於強勁，在穿過一、二壘之間後，建仲很快就將球接進手套，並一氣呵成直接長傳本壘。

建仲這球傳得又快又直，眼看在不落地的情況下，就能直接進入捕手手套。儘管白隊奔回本壘的跑者腳程也很快，但兩者之間的勝負實在很難斷定。

藍、白兩隊衝出休息區的球員，全都屏息以待，深怕稍一恍神，就會錯過這關鍵的勝負。

治茂如同其他白隊球員，在建仲長傳本壘後的緊張時刻，雖已不再嘶吼，只能屏住呼吸，但狂跳的心臟，早已有些難以負荷，不禁再次渾身顫抖。雙方拚戰至此，治茂心裡真的只有一個感想：不管藍的、白的，都很棒好嗎？

◎第七棒：花惹發，怎麼可能那麼巧合？

「兄弟，你真的太厲害了——」建仲面露微笑說著。「對你真是刮目相看，我可不是挖苦你，是真的覺得你很厲害啊！」

精彩的藍、白對抗決賽總算落幕，治茂與建仲拖著疲憊的身體，已回到宿舍換洗完畢，並開始收拾行李。再來的行程就是本次集訓最後一次的團體用餐，等晚餐完畢後，第一階段的集訓將正式宣告結束。

「唉，建仲兄，你才厲害吧，根本是白隊剋星，藍隊多少分是你打下的，又從我手中擊出那關鍵逆轉的兩分砲，白隊多少分又被你硬生生擋下，你是藍隊的英雄吧？」

建仲搖搖頭：「我始終還是覺得比賽的任何結果，不管是好是壞，都是團隊的力量，藍隊如此，白隊也是，所以覺得不會有所謂的個人英雄。像你這樣臨危受命上場，真的是一路好投，今天九局上半，雖然我最後是擊出全壘打，真的只能說那球幸運落在界內。不然我真的很抖，兩出局又遇到你，不是很有把握能順利擊出安打，二好球後更怕被你三振，真的覺得自己就要完蛋，那個壓力現在回想起來，都還是讓人有些喘不過氣。還有，你失分後沒被影響，又順利將比分鎖在一分之內，才有白隊下半局這麼精彩的最後反攻。說真的，跟你室友一場，我就實話實說，以你大型比賽經驗那麼不足，又是初次入選國家代表隊，能有這樣的表現，我覺得能力和架勢真的不輸給你們隊上的王牌鴻濟學長。只要假以時日，你這渾身充滿祕密的男人，一定會成為中華隊的神祕王牌。真的，我是認真的——」

冶茂沒有回應，只是露出苦笑。儘管那場決戰不過是今天下午的事，激戰過後氣力放盡，卻讓冶茂感覺彷彿現在談論的，是好幾個月前的往事。

建仲繼續開口說著：「話說回來，我覺得這黑嘴教練真的不一樣，從刻意先安排與弱隊交手，那種非贏不可的壓力可不是蓋的，我可是前幾場都沒打好，還莫名其妙吞了一堆K，一直到後面幾場才慢慢調整過來。還有比賽中沒有教練下達戰術來控制整支隊伍，感覺真的還是有很大的差別，這幾場打下來，有時候都好希望能有個教練在身旁指導戰術比較安心。」

冶茂點點頭，經過這幾場特訓才深深明白，這種兩隊實力相差甚遠的比賽，如對方並未輕易放棄比賽，弱隊一定壓上陣中王牌投手。一旦對方投手狀況又不錯，我方打線施展不開，就很容易被對方封鎖，整體實力較強的隊伍，更可能因此變得相當急躁，也未必一下就能發揮該有的實力。而這幾場比賽，儘管白隊由李總親自領軍，但也僅限於帶隊，除了觀察選手狀況適時更換外，幾乎沒有下達任何戰術，也因此時常出現壘上跑者自行亂跑而慘遭出局的憾事，或誰也不想聽誰指揮的混亂情況。後來白隊是在掛名副隊長、實質上才是隊長的景勝跳出來領導，因為他實力夠強、輩分夠高，總算才讓白隊在戰術方面漸趨穩定，但這也讓人深深體會到教練統一戰術的重要性。

「唉——」建仲輕嘆了口氣。「不說這麼多了，既然我們都整理完了，就先把行李拿去大廳放著，再去餐廳等待吧，我看有些伙伴之後也不知道還有沒有機會再見面了——」

確實，經過今天藍、白兩隊的激戰後，只有一隊留下成為國家代表隊的主體。不過這頓晚餐過後，第一階段集訓就要結束，所有選手將回歸自身所屬學校，為高中棒球盛事「秋季高中棒球聯賽」努力備戰。

治茂與建仲先到大廳放置行李，之後便一同前往餐廳，等待晚飯時間的到來。

或許因為第一階段集訓即將結束，各選手下午也已歷經一場大決戰，晚餐菜色非常豐盛，各式佳餚如雞排、雞腿、牛肉片等，不再有數量限制，反而還貼上了無限量供應的牌示，而一旁竟還有數十瓶飲料任人挑選，一看就知道這些都是今晚的特別加菜。不過有過先前的恐怖經驗，倒也還是令人有些懷疑，這該不會又是另一種測試。

建仲一進餐廳，就受到藍隊隊員英雄式的歡迎，反倒是治茂與建仲分開後，坐到白隊所屬的用餐區，大夥兒只是刻意別過頭去不予理會。

見到景勝學長也如同其他球員，換上自己的便服，治茂由於早已看慣他的南強隊服，反倒覺得有些不適應。即便如此，穿著便服的景勝學長，還是展現另一種帥氣的英姿。

對於治茂的出現，景勝學長只是冷冷看了一眼，隨即恢復平時的冷漠，治茂倒也不再像上次那樣感到受傷。想想或許景勝學長便是如此，冷靜的個性就是能把場上與場外的大小事，都分得一清二楚。即使是再討厭的隊友，為了顧全大局，在場上依舊還是會充分合作，一旦出了球場就是另一回事。

再次偷偷瞄向景勝學長，冶茂依舊難以忘懷九局下半的景勝學長，那個不屈不撓的求勝意志，還有最後那支關鍵安打。無論景勝學長對自己的喜好如何，還是讓冶茂不得不對這名強打捕手肅然起敬。

冶茂還沒就坐，不過喧鬧無比的餐廳，這時卻突然安靜下來。原來是李總教練不知何時已跨進餐廳，但這次李總一改以往的嚴肅氛圍，竟面帶笑容開口說著：「各位今天的表現都非常優異，但比賽便是如此，不管雙方有多努力，最後總還是只有一隊勝出。恭喜中華藍隊成為明年青棒國家代表隊的主力選手，白隊的球員也不要氣餒，像今天白隊的林冶茂及張景勝都非常值得嘉許。再來的秋季高中聯賽我也會去看，還是會從比賽中挑選表現優異的選手進入代表隊。這也意味還是會替換一些藍隊選手，所以大家還是要繼續保持戒慎恐懼的備戰態度。以上，今天不多說，不影響大家的狂歡心情，但請注意該有的紀律，否則後果自行負責。我等會兒馬上離開，大家好好放鬆吧！」

李總才剛說完，果如其言轉身就走，讓在場的所有成員先是有些錯愕，但沒多久藍隊的球員全都發出歡呼狂叫，相對之下，白隊這邊顯得氣氛相當低迷。

「幹！」

白隊的鴻濟再也無法忍受，大聲罵了出來。

明顯感受到白隊的不悅，藍隊這邊突然壓低音量，但原本歡愉的氣氛，經由鴻濟的這聲怒罵，早已完全消失殆盡。

「輸了就輸了，有什麼好不滿的！」景勝狠狠瞪了鴻濟一眼。

「怎麼樣，我就是不滿——」鴻濟瞪大雙眼說著。「從小到大可是未曾缺席過國家賽事，這次竟然就這樣落選，真的是奇恥大辱！」

「遊戲規則就是這樣，有什麼好怨的。」景勝聳聳肩，依舊不為所動。

鴻濟見到景勝一副無所謂的模樣，反而更為激動說著：「這哪裡公平，林治茂這種那麼弱的廢物，怎麼能入選，還分在我們這一隊，又指定這廢物當隊長，這還用比嗎？那黑嘴還說什麼今天林治茂值得嘉許！」

治茂聽到鴻濟學長如此數落，又想起今天下午進入九局下半攻守交替時，儘管自己前半局被擊出逆轉全壘打，鴻濟學長似乎還跟自己說過「謝謝」，當時這個舉動就在治茂心中留下小小的疑惑。

但現在看來，或許那時只是情勢所逼，鴻濟學長為了戰況，深怕要是還有第十局，白隊不得不繼續借重治茂之力，才會如此開口勉勵，但心裡恐怕根本不是這麼想的。

景勝突然站了起來，走向鴻濟冷冷說著：「比賽輸了就怪隊友、找戰犯卸責，怎麼不怪自己沒有閃過強襲球？就算你閃過那球，你能保證後面一分也不會失嗎？你如果臨時被叫上來救援，還未必能像林治茂那樣投完將近三局只失兩分。這就是比賽，有贏就有輸，怎麼可能永遠都如你所願！」

鴻濟被景勝說得有些啞口無言，但在眾人面前如此出糗，鴻濟也嚥不下這口氣，重拍桌面站了起來，接著語帶憤恨說著：「你、我兄弟情誼那麼多年，林治茂那小子到底是什麼人，之前還在高中聯賽對你投出那種惡意滿滿的觸身球，讓你休養那麼久，你還這樣處處幫他，前幾天還說他是個可造之才，他到底和你是什麼關係？」

眼看鴻濟再也按捺不住，就要向前對景勝動手，一旁的隊友發現情勢不對，早就向前架住鴻濟。

不過景勝依舊不為所動，還是冷冷回著：「我張景勝和林治茂當然什麼關係也沒有，更可以說我很討厭他總是那副少不經世的蠢樣，你沒入選國家隊要揍他出氣，也不關我的事。但身為一個捕手，如果不能冷靜分析與判斷各種瞬息萬變的情況，又要怎麼幫助球隊求勝。我這個人個性就是直白，最痛恨不光明磊落的事，是什麼就是什麼，我不會去巴結誰，也不會去討好誰，更不怕得罪誰而說假話，我不過是陳述事實和客觀分析罷了，用不著對我所看到的事實那麼不滿！」

見到白隊這邊氣氛如此僵硬，藍隊的建仲表情顯得十分難堪，沒多久便擠出笑容過來勸和著：「各位學長，大家都辛苦了，也都盡力了，有事好好說，好好把這頓晚餐用完，大家好聚好散吧——」

「你，少在那邊假惺惺——」鴻濟見到建仲這個藍隊的致勝關鍵，竟過來充當和事佬，情緒變得更為激動。

建仲當然沒有特別用意，除了想幫幫治茂，最重要的，還是希望大家能夠和和氣氣結束第一階段的集訓，不過這些話傳進落敗隊伍的耳裡，卻變得格外刺耳。

「靠北喔！過來幹嘛，我們白隊的家務事，關你屁事喔，故意來挑釁的嘛！」

一名白隊隊員相當不悅地說著。

「是怎樣啦，輸不起喔，怪不得整隊被淘汰！」

藍隊這邊無法忍受今天的大英雄被這樣無禮對待，幾名隊員再也無法容忍，紛紛放下手邊的食物，一下就來到建仲身邊聲援。

見到藍隊來勢洶洶，滿肚子怨氣的白隊也圍了過來，全都磨拳擦掌等待這場衝突的爆發。

「各、各位學長，等、等一下──」冶茂突然張開雙臂，出現在兩隊隊員中間說著。

「白隊小鬼，有屁快放！」一名藍隊隊員顯得非常不悅。

白隊這邊也有人高聲說著：「混蛋，你要幹嘛，看你跟藍隊劉建仲感情那麼好，難道你要幫藍隊說話？就算我們再怎麼討厭你，你也還是白隊的，是被淘汰的一員，最好搞清楚一點！」

「不、不、不──」冶茂連忙搖搖頭。「我只是覺得很奇怪，黑嘴教練就這樣直接走掉，又放著勝利和淘汰隊伍一同用餐，如果黑嘴教練在這坐鎮，還不會有事，但放任我們不管，這種衝突場面也不難預料，只怕、只怕──」

「怕什麼啦，快說！」一個極為不滿的聲音，從白隊用餐區後頭傳來。

冶茂繼續說著：「只怕這是黑嘴教練故意這麼做，搞不好他還躲在哪邊觀察我們的一舉一動──」

「什麼！」

聽到治茂這樣分析，想想也不無道理，不管是白隊或藍隊的成員，突然全部安靜下來，全場陷入一片死寂，更有幾名球員往窗邊和門口方向四處探頭，深怕李總真的就躲在一旁觀看。

過了一會兒，建仲對藍隊隊員比了個手勢，並低聲說了幾句話，大家紛紛開始往藍隊用餐區移動。

或許對於確定晉級的藍隊來說，此刻更怕出現任何閃失，倘若真如治茂所言，藍隊現在是絕對沒有本錢和白隊起衝突。

等到藍隊離去後，白隊有幾名隊員還特地跑到餐廳外察看，發現根本沒有李總身影。想想都被淘汰，也沒什麼好損失，這股首次沒有入選國家代表隊的怨氣，讓鴻濟又再次發作。鴻濟眼看景勝在剛才藍、白兩隊衝突時，還是事不關己繼續坐在位置上，先前不但不幫自己說話，還反被數落一番，想想還不如直接找罪魁禍首治茂開刀。

「林治茂，你自己誠實招來——」鴻濟以極為不悅的口吻說著。「你和那黑嘴到底是什麼關係，怎麼想你都是靠關係才入選的，我們整隊白隊就是被你搞掉，黑嘴還說什麼你值得嘉許，這也太誇張了吧！」

鴻濟明顯就是在找麻煩，但治茂還是認真回著：「嗯，我和黑嘴教練是沒什麼關係，為什麼會入選，我也很意外。不過、不過我們元台高中吳教練以前是黑嘴教練的學生，他也說不知道黑嘴教練為什麼會選我——」

「這就對了嘛！」鴻濟不待治茂說完就直接插了一句。「我就說是有關係才入選的！」

「啊，沒有、沒有——」治茂一臉慌張。「我們吳教練還說不希望我入選，擔心黑嘴教練別有用意，我也不知道是什麼意思——」

「幹，再裝嘛——」鴻濟動手推了治茂一把，讓治茂一時之間有些站不穩腳步。「身分證拿出來讓我們瞧瞧，搞不好你媽姓李，黑嘴是你舅舅之類的呢！」

一旁的白隊球員聽到後，覺得也不無可能，跟著起鬨叫治茂把身分證拿出來。

面對這種孤立無援的狀況，治茂覺得很是受傷，但他知道他和黑嘴教練並沒有什麼親戚關係，也不怕亮出身分證。不過面對這些學長們的無理取鬧，也讓治茂有些生氣，就是故意不想讓他們稱心如意。

「怎樣，怕了吧！果然是靠關係進來的？」一名白隊隊員說著。

其他人繼續起鬨，其實拿出來也沒什麼，只是因為治茂已被鬧得很想反抗，就是不想讓這些惡整他的學長們輕易得逞，這讓鴻濟等人更為生氣，有人直接動手架住治茂，一旁的人見狀後，更開始在治茂身上搜起皮夾。

「找到了！」一名白隊隊員大叫著。「身分證應該就在裏面！」

這名隊員找到身分證後，將治茂的皮夾丟到一旁，接著把身分證重重摔在桌面上。

身分證上母親的欄位並不姓李，很難推斷治茂和黑嘴教練有什麼親戚關係。

治茂輕皺雙眉，想看看這群胡鬧的學長，這下還能再怎麼樣。

「啊！他爸是——」一名白隊隊員大聲叫著。

治茂這時倒是相當疑惑，從小對爸爸的印象真的不深，媽媽也很少提起，怎麼這些學長反倒有人知道治茂的爸爸是誰。

「什麼，林泰謙！」另一名隊員叫著。

「林泰謙不就是很久以前那個——」

「幹，林治茂，你真的有問題！」鴻濟瞪大雙眼說著。「再繼續裝清純嘛，你果然真的很骯髒耶！」

治茂一頭霧水，但被這樣污衊，任誰脾氣再好也會忍受不住。

「真的不要太過分，我又怎麼骯髒——」治茂彎身將自己的皮夾撿回，並用力將身分證搶了回來，明顯就在壓抑怒火。「就說我和黑嘴教練沒有關係，身分證也給你們看了，到底還想怎麼樣？」

「重點是你爸林泰謙，所以才很骯髒——」一名隊員補了一句。

原本一直坐在位置上，對一切漠不關心的景勝，聽到先前的對話，神情就已變得異常沉重，等到聽到這句話，更是直接站了起來。而遠在另一邊用餐的藍隊隊員，原本早已決定無論白隊這邊發生什麼事都不會參與，但聽到「林泰謙」這三個字，好幾個人也不禁轉過頭來觀望。

「我爸？」治茂顯得相當疑惑，雖然對自己的爸爸沒什麼特別印象，但聽到其他人這樣污衊自己的父親，還是讓治茂覺得非常不舒服。「他在我小時候就出意外過世，我真的對他沒什麼印象，為什麼你們反而好像認識他是誰一樣？」

鴻濟不相信冶茂會不清楚自己的父親是誰，認為是在裝傻，因此異常氣憤地說著：「你爸林泰謙，就是十多年前參與簽賭打假球的骯髒職棒選手。他被逐出棒球界後，還不知反省，後來又再去當牽線職棒球員的垃圾組頭！」

「哼，你爸才不是出意外，是因為簽賭糾紛而被人殺掉的！」

「果然骯髒，你根本就沒資格繼續打棒球！」

「不要玷汙了棒球，你這種垃圾快滾出高中棒球吧！」

「果然是靠關係進來的，就是這種骯髒的關係！」

大夥兒你一言、我一語開始數落起冶茂，不過面對這突如其來的衝擊，冶茂根本再也聽不進旁人的冷言冷語。

「被人殺掉的——」冶茂緊皺眉頭喃喃自語。

就在冶茂尚還難以接受之時，景勝已面色凝重走到眾人面前，從口袋中掏出皮夾，並將自己的身分證重重壓在桌上大聲說著：「我張景勝做事光明磊落，我也不怕你們知道，我身分證上父親欄位印的是『張傳隆』，但這個垃圾我可不承認他是我爸，跟我也沒有任何關係，根本就是人渣。你們應該也都知道『張傳隆』這骯髒的垃圾是誰，是更早期參與職棒簽賭的垃圾，因為背叛棒球，後來很諷刺的是，竟然還被棒球砸死，真是報應死好！」

平時冷靜少言的景勝，一下就情緒激昂說了這麼多話，儘管口口聲聲說著自己的父親是個垃圾、人渣，但治茂發現景勝學長的眼眶早已有些泛紅。就連對父親沒什麼印象的治茂，先前聽到別人數落時，都會覺得很難受，更何況景勝學長還是親口痛罵自己的父親，那種感覺真的難以想像。

景勝環顧四周，瞪大雙眼繼續對著所有的白隊隊員說著：「如果因為我身分證上有代表人渣的那三個字，就覺得我骯髒，覺得我不配打棒球，儘管衝著我來，我張景勝隨時奉陪。還有，以後誰要是敢再為難林治茂的，就是跟我過意不去，知不知道，藍隊那邊的也是一樣，敢動我小弟的人給我試試看！」

景勝說完後，直接抬腳朝前方的椅子重重一踹，椅子不堪重擊，不但一下就翻了過去，還飛離原地數十公尺，差點就要砸到藍隊的用餐區。

近在咫尺的人都被景勝這一踹嚇到整個僵住，原本還在喧鬧的白隊隊員，聽到當今高中棒球界最負盛名鐵捕的這番宣示話語，還有看到那驚天一踹，全都緩緩低下頭去，不但不敢與景勝四目交接，更不敢再對治茂有任何不敬。連一旁藍隊的球員也紛紛停下手邊動作，全被景勝的盛怒所震懾。

儘管因為身世雷同，意外受到當今高中棒球界最俱份量的學長宣示保護，但不知為何，治茂面對這樣身世，還是有一種強烈想哭的無奈感。

治茂雙眼顯得相當迷茫，迷惘困惑之中偶一抬頭，卻發現李總不知道什麼時候，已站在餐廳窗外靜靜看著這一切。

「什麼！老大你還有老大了！」緯輝驚叫著，下巴差點就要掉到地上。「而且還是那最帥氣的強棒鐵捕張景勝學長！」

緯輝的大嗓門傳遍整個休憩小站，好在已接近收攤時間，並沒有其他客人。

「老大，不賴嘛──」緯輝眉開眼笑繼續說著。「雖然老大的中華白隊經過激戰後，可惜還是慘遭淘汰，但能夠得到這樣一位帥氣的老大，還可真是比入選國手還值得高興呢！果然當年的觸身球就是不打不相識的起點，經過這次集訓竟然還有了革命情感，以後看我們元台高中那些學長誰敢欺負你！這麼說來，我也算是景勝學長的『再傳』小弟了，真開心啊！」

「唉，才不是這樣的──」治茂長嘆了一口氣。

「嘖，林治茂小妹妹，怎麼又是一副愁眉苦臉？」巧歆拿著幾張資料走了過來。「這是我在圖書館查到的資料，你自己參考參考吧，真的用不著為了這種事而煩惱啊！」

治茂接過巧歆的資料，其中一張剪報影本的標題斗大寫著：「前職棒球員林泰謙因簽賭糾紛遭前隊友李君山刺殺身亡」。

「唉──」治茂又嘆了口氣。「我真的萬萬沒想到我爸會是職棒選手，但又有那麼不光彩的事，怪不得我媽都很少提起我爸，也不讓我碰棒球，害我這麼多年來只能躲躲藏藏打球，原來是這樣的原因。我真的、真的有點不想，不，是真的不想再打棒球了──」

治茂說完又把頭垂得更低，可以明顯感受到他的沮喪。

「什麼！老大你的老爸是職棒選手，你怎麼從來就沒提過？」緯輝雙眼一亮，只聽到治茂前面一句，搞不清楚狀況的他，竟還興奮叫著。

巧歆給了緯輝一個白眼，儘管緯輝並不知道原因，但見到巧歆如此怒目，還是先閉上自己的嘴巴。

「嘖，林治茂小妹妹——」巧歆語重心長說著。「我也不知道該怎麼勸你，不過你爸林泰謙確實是我從小就很痛恨的球員之一，原因無他，就是簽賭打假球，真的巴不得這些打假球的人都趕快去死，然後打入十八層地獄永不得超生。後來知道這段黑吃黑被人殺掉的新聞，還真的覺得有點大快人心，只是我真的萬萬沒想到他會是你父親。呃，對不起，或許我不該對著兒子痛罵老爸，這樣真的非常失禮——」

治茂不待巧歆說完，直接打斷說著：「沒關係，真的沒關係，我對老爸確實沒什麼印象，當然現在知道他是這種壞人，我心情真的很沉重也很複雜——」

緯輝雙眼微睜，從兩人的對話聽來，這下總算知道治茂的老爸，不但是前職棒球員，後來還有涉及簽賭的醜聞，更因此被人殺害。緯輝此時才驚覺，兩位學長、姊正在討論如此嚴肅的話題，這下真的不敢再隨便插嘴。

「唉——」這次換巧歆輕嘆了口氣。「我不是你，我也不好說什麼，我是真的很喜歡棒球，可以說是我生命的一部分，但我也不能代替你決定你自己的路。你自己好好沉澱心情，雖然沒有入選國家代表隊非常可惜，但我想能跟這麼多好手一起參加過第一階段集訓，你應該也有不少成長。我收回我之前的玩笑話，你那場對元台高中的無安打比賽，真的非常精彩，我想你後來的比賽，還有最後的藍、白對抗賽，應該也表現不俗，也希望你能繼續努力下去。我是覺得出身不是你的問題，你反而更應該用實力和表現讓那些人閉嘴。因為再來還要面對秋季高中棒球聯賽，元台高中真的很需要你，希望你能趕快振作起來啊！」

巧歆說完，將一張紙條悄悄遞給了冶茂，上面有著字跡工整的一段文字。

「這是什麼？」冶茂疑惑地問著。

「唉，你的事讓我一直想到這段話，希望能對你有些幫助——」

「啊？」冶茂還是顯得相當困惑。「該不會是你們文學社最近讀到的什麼勵志小品吧？」

「才不是——」巧歆搖搖頭。「是孔老夫子想勸勸你——」

儘管冶茂內心充滿疑惑，還是嘗試將字條上頭的文字念了出來：「子謂仲弓曰：『犛牛之子』什麼什麼且角的，這個字怎麼念啊？」

「林冶茂！」巧歆突然瞪大雙眼說著。「什麼『犛牛』啦，春秋時代哪有人去過西藏，孔子怎麼可能看過『犛牛』啦，看清楚一點好不好！」

「沒有錯啊，這不是『犛牛』還是什麼牛？想騙我看不懂嗎？」冶茂和巧歆鬥起嘴來，不知為何又恢復了往常的精神。

「哼，真的受不了你耶，中文程度怎麼那麼差——」巧歆睜大眼睛說著。「犂牛之子騂且角，雖欲勿用，山川其舍諸？」

「唉呦，聽不懂啦！」治茂刻意挖挖耳朵說著。「文學社就愛這樣亂引經據典的，不過翻到本古書就來跟我炫耀，我看不懂是正常的吧！」

「林治茂！」巧歆依舊輕皺雙眉說著。「你真的不要太誇張，這是課本的課文耶，你有沒有在上課啊！」

「啊？」治茂與緯輝異口同聲叫著。

「哼——」巧歆見到這一對難兄難弟的癡呆表情，已經有些忍受不住別過頭去。

「那、那這句話到底是什麼意思？孔老夫子要勸我什麼？」治茂再次面露疑惑。

「算了，算了——」巧歆將紙條奪了回來。「我真的是對牛彈琴，對，就是對林治茂你這頭西藏『氂牛』彈琴！」

「等等，讓我再看一次！」治茂又再次將紙條搶了回來。

巧歆發現紙條被奪走後，繼續伸長雙手，治茂刻意將紙條高舉，以身高優勢讓巧歆碰觸不到紙條。不過巧歆並未就此放棄，仍不斷跳起來繼續嘗試。

「老大，你會不會太過分啊——」一旁的緯輝輕碰治茂小聲說著。

見到巧歆因為腳不方便而如此吃力跳著，治茂這才發現自己做錯了，趕緊將紙條還給巧歆說著：「對不起，我不是故意的——」

「沒關係——」巧歆微微苦笑，但治茂看得出來巧歆這笑容有些勉強。「我知道我身體有殘疾，但我也很想像正常人一樣，可以不用對我另眼看待。我從小就很希望能像你們一樣跑跑跳跳，更幻想我能夠親自上場參加棒球比賽，誰說女生就不能打棒球？或許就是這樣的缺憾，讓我很喜歡看棒球場上奔跑奮戰的每一位選手吧——」

見到巧歆低頭訴說自己的心情，治茂頓時覺得無地自容，好手好腳的自己到底在煩惱什麼，在無病呻吟什麼，真是一點也不成熟。

「嗯——」治茂微微一笑。「巧歆，謝謝妳，雖然我還是不懂孔老夫子說了什麼，但我覺得妳比孔老夫子受用多了。我想通了，謝啦，不愧是我的好麻吉！」

這下換巧歆完全搞不懂治茂為何會有如此大的心情轉變，只是一臉憂心看著治茂。

「啊！」治茂突然大叫一聲。

因為治茂所站位置的角度關係，再次瞥見桌上那幾張剪報影本的標題文字，上頭出現的「林泰謙」與「李君山」，讓治茂顯得有些吃驚。

巧歆原本就對治茂的心情驟變，感到有些憂心，深怕這會是治茂想不開的前兆，又見到治茂突然大叫起來，這下更讓巧歆擔心不已。不過一旁的緯輝始終搞不清楚狀況，倒是順著治茂所看的方向瞥了過去，但在那幾張剪報上也看不出什麼所以然來，只是滿臉疑惑望向治茂。

「『林泰謙』、『李君山』——」治茂無視於巧歆及緯輝的困惑，繼續自顧自地喃喃自語，隨後竟又再次大聲嚷著。「花惹發，怎麼可能那麼巧合？」

◎第八棒：都已經使盡全力了，難道還不夠嗎？

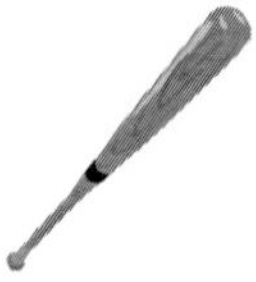

元台高中今年的秋季高中棒球聯賽，隊上原本就有媲美前段強隊的第一王牌投手洪奇興，這次又多了經過國家隊特訓，能力及心理素質已大幅提升的另一張王牌林冶茂。在雙王牌投手的守護下，原本打擊實力就不弱的元台高中，闊別多年總算再次打進了高中棒球聯賽的會內賽。

這項佳績讓元台高中全體上下，都開始為這次賽事陷入瘋狂，就連平時不看棒球的同學，也跟著湊起熱鬧。

不僅元台高中如此，只要當初有球員入選國家代表隊的學校，今年秋季聯賽都有不同以往的優異表現。向來與元台高中只能在會外賽成為死對頭的中開高中，這次在隊長施長義的帶領下，也破天荒打入了會內賽。

自從冶茂參加國家隊集訓歸隊後，除了實力大幅提升外，更有先前那場對上元台高中的無安打完封比賽，最重要的是，當今高中棒球界最俱份量的強棒鐵捕張景勝，公開宣示冶茂是自己小弟的事，也間接經由不同人的口中傳回元台高中。

雖然大部分的人並不知道事情全貌，但原本那些對冶茂相當不敬，甚至可說是惡意欺負他的高三學長們，全都閉上嘴巴，態度也有了極大的轉變。就連原本自視甚高的奇興，以及向來對治茂極為不屑的明原學長，也開始會主動跟治茂打起招呼，這些急遽驟變真的讓治茂有些無法適應。

明原學長不知道是認同治茂的實力，還是認知到往後需要和治茂密切合作，特地在某次練習結束後，私下請治茂喝飲料，又語帶歉意向治茂解釋，以前並不是真的對治茂有什麼成見，而是因為隊上大家都對治茂不是很友善，為了團隊和諧，他也不可能違反大家的意願。

治茂聽了以後只是一笑置之，因為他隱約覺得，先前這些動作應該就是明原學長帶頭的。這些解釋恐怕都只是藉口罷了，但學長都願意這樣低聲下氣，治茂也就不好直接戳破謊言。

不過這也讓治茂想起，景勝學長總能將場上合作無間及全力求勝擺在第一目標，場外的個人喜好及恩怨情仇就完全不能帶入球場。這點非常值得治茂學習，況且先前高三學長除了隊長仁哲外，幾乎都對治茂懷有某種程度的敵意，好似已是元台高中棒球隊的全民運動，但治茂其實對明原學長也沒有什麼深仇大恨，所以也就不以為意。

不過經過這次「道歉」事件後，治茂覺得過往的一些心結大獲改善，明原學長也會主動找治茂練球，但他現在不敢再說指導治茂，只敢說是心得分享。藉由多次溝通與練習後，治茂與明原學長的默契也逐漸穩固，也讓雙方都能在場上有更好的發揮。

「老大，竟然要打前十六強賽了，真的好興奮啊，我們該不會最後能拿到冠軍吧！」

儘管緯輝說得眉飛色舞，不過這次的高中棒球聯賽，因為前幾場比賽都以主戰捕手明原為優先，緯輝至今也還沒上場過。

雖然元台高中這次一改先前頹勢打進前十六強，讓吳教練對於這樣的佳績相當高興，想趁著這股高昂的鬥志，帶領球隊更進一步。不過由於後面的賽程安排更為密集，還要移師到台中洲際棒球場進行比賽，而主辦單位為了保護投手運動生命，也有出賽間隔日的投球球數限制，以避免各高中都只用那一、兩名王牌投手重複應戰，這樣容易造成選手的嚴重傷害，更可能斷送優秀選手的運動生涯。

元台高中後面的賽程，需要面對實力更為堅強的隊伍，又只有兩名較為可靠的投手，因為不想輕易就此止步，該怎麼調度也讓吳教練傷透腦筋。

「唉——」冶茂輕嘆了口氣。「愈後頭愈難打啊，阿輝伯你也好好練練，也許後面比賽你也可能需要上場。」

「什麼，怎麼可能——」緯輝雙眼微睜說著。「後面比賽強度更強，前面都沒上場了，後面哪有我的份啊！」

冶茂搖搖頭：「棒球比賽很難說，後面賽程那麼密集，也許明原學長會有需要休息的時候，你最好先有心理準備——」

「好啦，老大別嚇我了，我這不就陪你來練球啦！」

緯輝說完拿著球具往橋下空地奔去，便是那個由冶茂、緯輝與墓仔伯所共有的祕密基地。趁著移師台中洲際棒球場前，冶茂特地約了緯輝，一同苦練他隱藏多年的「祕密武器」，搞不好之後真的會派上用場。

即使時序已進入秋季，今天卻是晴朗無雲的好天氣，讓人有種還在盛夏時節的錯覺。

冶茂與緯輝暖身完畢後，兩人開始練習傳接。

「對了，阿輝伯——」冶茂邊丟球邊問著。「上次交給你的重要任務，你辦得如何了？」

緯輝先將球穩穩接進手套，隨後露出傻笑說著：「嘿嘿，謝謝老大交給我這項重要任務，我還特別去找了馨瑩——」

「什麼，我叫你去查，你故意藉機把妹！」

「哎呀，老大，你覺得我唸書會比你好到哪，用問得還比較快。」

「唉呦，好險——」冶茂差點就要漏接緯輝的回傳球，還好即時反應又將球撈進手套。「結果孔老夫子的那句話到底是什麼意思？」

「嗯——」緯輝表情突然變得相當認真，但更可說是努力回想。「其實我也不是很確定，好像就是『歹竹出好筍』的樣子——」

「咦？」冶茂顯得相當疑惑。「那『歹竹出好筍』又是什麼意思？」

「我哪知，我想可能是指壞掉的竹筍比較好吃吧？不過我也不確定，總覺得怪怪的，又不是臭豆腐，這樣吃不會拉肚子嗎？但我問了半天也只記得這句。哎呀，老大，我們可以不要討論那麼難的話題，你不是經過巧歆學姊的加持後，已經不在意自己的出身了，這次高中棒球聯賽前幾場比賽又表現那麼好，不就是最好的證明了？」

「嘖，我只是想知道那個臭巧歆會不會是假裝安慰我，其實是在罵我——」

「哈——」緯輝突然咧嘴一笑。「老大，你其實很在意巧歆學姊吧？她真的對你很好耶，其實撇開身體上的不便，學姊也算是元台高中裡屬一屬二的美女。學長還可真令人羨慕，哪像馨瑩真的很難約，只有上次說想跟她討論一下『孔子的文學世界』，她才勉強答應。但她講了一堆完全聽不懂的東西，讓我覺得好痛苦，要是她能像巧歆學姊一樣那麼熱愛棒球，這樣追起來輕鬆多了——」

「噗，『孔子的文學世界』，虧你想得出來——」治茂因為笑岔了氣，傳過去的球差點變成大暴傳。「還有，別亂講一通啊，巧歆跟我只是好朋友，應該說是因為她非常非常喜歡棒球，又剛好跟我同班，我們因為很常聊到棒球，她也正好喜歡看我們元台高中的棒球比賽，我們才會成為非常要好的朋友。你自己想想，她功課那麼好，人又漂亮，我知道我們班和隔壁班就有好幾個男的很哈她。她不過是把我當做可以取笑、亂講話的好朋友，別想太多，更何況她也不會喜歡我啦——」

「喔——」緯輝又再次不懷好意笑著。「老大最後一句話，不就是對學姊有意思，幹嘛不像我一樣大膽示愛！」

「哼！」治茂用力將球傳了過去。「才不要像你那樣，像個亂槍打鳥的莽夫，這樣會成功才怪！」

「哈，我就說老大一定有偷偷喜歡學姊的啦！」

「不要亂講！」治茂瞪大雙眼說著。

「話說回來，我從馨瑩那邊聽來，學姊似乎也對學長有意思耶。」

「怎麼說？」治茂雙眼閃閃發亮。

「馨瑩說學姊有事沒事就常把老大的事掛在嘴邊說著，尤其前陣子以國家代表隊隊長身分，對元台高中投出無安打完封勝的那場比賽，更是學姊引以為傲、逢人就說的經典代表作，聽得馨瑩都忍不住向我抱怨，有點不想再聽了。而且上次那場比賽，學姊明明就一直說有事，為了替學長打氣加油，還真的一路用『站』的看完比賽——」

「好啦，好啦，不要再說了，我都要痛哭流涕了——」治茂說完還刻意吐吐舌頭，表面上裝得一派輕鬆，但聽到這些話語後，心情還是有些複雜，也覺得有些難受。

「還有呢，還沒說完——」緯輝繼續說著。「馨瑩還說，學姊最近有一篇跟棒球有關的作文，還在校內文學獎比賽得獎耶，說什麼都是託老大的福，讓她更能體會棒球的奧妙真義，那篇作文才會得獎的。為了答謝老大，只要打進前十六強，她會親自拿著元台高中的大校旗，站在台中洲際棒球場第一排觀眾席，揮舞大旗幫學長加油！你說說看，你們真的只是好朋友嗎？老大現在又身為元台高中第一王牌投手，還不趕快行動，一定追得到學姊，到時候你們兩個再一起想辦法幫我追到馨瑩啊！」

「哼——」治茂冷哼一聲。「講半天，這才是你的目的吧？而且第一王牌是奇興，不要到處亂講！」

「老大怕什麼啦，現在每個高三學長都那麼敬重老大，奇興學長我根本就不放在眼裡，在我心目中，老大不管到哪邊都永遠是第一王牌！」

「少噁心了！」治茂翻翻白眼，接著轉身離去，不過是到一旁換了個投手手套，準備開始展開「祕密武器」的練習。

就在緯輝穿好捕手護具及戴上面罩後，治茂也跟著就定位置。不過治茂並沒有馬上將球投出，反而突然停下手邊準備動作，隨後開口說著：「唉，其實我也不瞞你說，我是打算如果這次運氣夠好，真能打進前四強，我們就至少有殿軍獎盃，我打算拿著獎盃向巧歆——」

治茂沒有說完，就已抬腳揮臂投出了祕密武器。

「什麼，老大你還沒說完，你想對學姊幹嘛？聽起來真恐怖！」緯輝接到球後，刻意脫下捕手面罩問著。「而且你說進前四強，這好像有點難吧，你又不是不知道就算打贏十六強賽，後面遇到的那隊——」

「沒事，沒事，我亂說的，倒是你跟馨瑩到底進展如何？」治茂刻意轉移話題。

「哈——」緯輝站了起來。「我可不像老大扭扭捏捏，我早就告白了——」

「什麼？」治茂雙眼微睜急忙追問。「你告白了？什麼時候的事？結果呢？」

「啊就是上次和馨瑩一起討論『孔子的文學世界』的時候，最後分別前，我還是忍不住跟她告白了。」

「那——」治茂其實不用問也知道結果，但還是想聽緯輝親口說出答案。

「當然就被她直接拒絕了——」緯輝顯得有些沮喪。「不過她說她不討厭我，可以跟我做朋友，還說她喜歡的是像景勝學長那一型的。我有說我是景勝學長的『再傳』小弟，等我有一天練得跟景勝學長一樣強時，請她還是要考慮跟我交往——」

「嗯——」冶茂輕輕點頭，不過他覺得緯輝的問題倒不是棒球球技強不強，而是有沒有景勝學長那種帥氣的Face，但這種事冶茂也說不出口，只好把這句話完完整整吞了回去。不過想想馨瑩並不討厭緯輝，也願意和緯輝相處，倒也不是完全沒有機會。

「老大，你快上啊，再遲學姊被其他人追走怎麼辦？」緯輝不懷好意地笑著，隨後又將球傳了回去。

「不要吵，就像我先前所說，我自有打算，才不像你那樣莽莽撞撞！」冶茂說完，又直接將球投了過去。

「老大，幹嘛偷襲我！」緯輝見到一顆速球飛了過來，連忙拋開正要戴上的捕手面罩，直接伸出手套將球穩穩接住。

兩人又繼續練了一個多小時的「祕密武器」，直到雙方都已精疲力盡，這才總算停止練習。

此時天色已晚，兩人則坐在一旁稍作休息。

「這幾天墓仔伯好像都不在——」冶茂看向一旁門窗深鎖的鐵皮屋說著。「上次代表隊結束第一階段集訓後，我有來找過墓仔伯，也跟他說過我的煩惱。我本來想去看一下老爸的墳墓，但那時剛知道自己的身世，還有老爸生前做過那些不光彩的事，還是讓我大受打擊，所以最後也沒有上去探望。後來又看墓仔伯的臉色不是很好，可能那天身體不適或是有什麼煩心的事，我怕打擾他休息就匆匆離開。今天還是沒看到墓仔伯，倒真讓人有點擔心——」

「咦——」緯輝歪頭說著。「會不會墓仔伯家裡有什麼事，所以告假一段時間？」

聽到緯輝這麼說著，治茂陷入一陣沉思，隨後才輕皺眉頭說著：「這麼說來，我先前無意中看過墓仔伯隨身攜帶的照片，他可能真的有個兒子之類的，年齡應該還和我們相差不遠，希望不是發生什麼不好的事——」

「咦，墓仔伯有兒子？我一直以為他單身一人——」

「唉——」治茂輕嘆了口氣。「我也覺得他應該沒什麼其他家人，但他常在我自己對牆壁練球時，拿出那張舊照片觀看，我有次甚至還瞥見他做出像在擦拭眼淚的動作。後來我無意間看到照片上有個小男孩，才覺得他可能有個兒子，我只怕、只怕——」

「怕什麼？」緯輝催促著。

「我只怕他兒子該不會早已不在人世，才把這份對兒子的濃厚感情，全都投注在我們身上——」

「哎呀，老大你想太多啦，應該是沙子吹進眼睛裡吧，又不是鄉土連續劇！而且墓仔伯那麼開朗、那麼慈祥，好像有句話叫作什麼『吉人自有天相』，像他那麼好的人，才不會發生什麼壞事，搞不好只是和家人一起出去玩之類的——」

「嗯——」治茂點點頭。「是這樣就好，我的『祕密武器』能夠如此大幅進步，都是遇到墓仔伯，這得好好感謝他，希望他真的沒事——」

緯輝輕皺眉頭，隨即提出強烈抗議：「哪有，明明就還有我，從國中就一直陪你偷練！」

「好啦，好啦，都很感謝——」治茂露出苦笑，不過隨後突然斂起笑容說著。「離開前我想自己去一個地方，阿輝伯不想等也可以先回去——」

治茂不待緯輝的回應，已經往墓場入口走去。

上次因為自己還相當迷惘，始終沒有勇氣再去探望父親的墓碑，不過現在已經想通，所以治茂也就不再逃避。

治茂到了久違的墓地，卻發現父親的墓碑不像往日那般亮麗，反倒有些老舊，但或許也可能只是自己的錯覺。

「老爸——」治茂雙手合十默默唸著。「雖然知道你以前幹過一些壞事，還因此被人殺害，這對我來說真的是很大的衝擊。但知道你以前是職棒球員，其實我還蠻高興的，總覺得讓我更有信心繼續打棒球。雖然對你的印象真的不深，我也沒辦法像景勝學長那麼厲害，可以就此斬斷血緣關係。因為不管怎樣你始終是我老爸，希望老爸能保佑我跟老媽平平安安，也希望老爸能保佑我們元台高中棒球隊，這次聯賽能順利打進前四強啊！」

治茂默唸完後，又彎身向墓碑拜了幾次，轉身望向山下，緯輝早已收好球具，枯坐在橋下空地等著。治茂見狀後微微一笑，心想緯輝還真是個有情有義的小老弟。

過了幾天，總算來到前十六強的決戰之日。為了準備這場決定是否進入前八強的重要戰役，元台高中棒球隊在比賽當天一早就先移動到台中備戰。

比賽預定在下午兩點半開打，今天是個不見陽光的多雲陰天，氣溫上相對非常舒適，元台高中及對手西群高中都提前進入球場練球。

西群高中過去就是高中棒球聯賽前十六強的常客，這次打進前十六強的比賽，也不太令人意外，反倒是元台高中這種多年來連會內賽都擠不進的弱隊，這次竟然打進前十六強，讓許多長期關注高中棒球聯賽的人都非常驚艷。尤其是元台高中棒球隊球衣，幾乎就是仿造中華隊主場隊服的紅白藍配色，更成為這次棒球聯賽的媒體焦點。

「靠，是不是我頭暈，怎麼這麼晃啊——」緯輝全副武裝蹲在場邊說著。

緯輝與治茂暖身完畢後，開始簡單練起投球。

「你是不是曬昏了啊，我都沒感覺——」治茂反駁著。「啊不對，今天陰天又沒有太陽，阿輝伯你到底怎麼了？你可要振作點，今天的比賽要當作最後一場來打，如果能順利獲勝，就能創下我們隊史上最好的成績了！」

「哎呀，還在搖耶，應該有地震吧——」緯輝大聲嚷著，但看到治茂已經懶得理會，只好趕緊轉移話題。「我們當然要贏啊，今天老大會先發嗎？」

治茂搖搖頭：「不一定，看吳教練決定。因為對方一定預測是我或奇興先發，吳教練說不想太早讓對方知道，所以還不想交出名單，叫我先好好準備。就算沒先發，因為這場比賽一定得獲勝，要隨時預備接替奇興守住勝局。你看，另一邊奇興也跟明原學長正在練球。」

不過吳教練雖然這樣安排，其實也還是可以先偷偷告訴自己隊員，究竟誰才是真正的先發。但治茂想想在國家隊的藍、白決賽中，也有臨時被叫上場的經驗，吳教練再怎麼保持神祕，也不可能拖到交出先發名單的最後一刻，才通知治茂或奇興，這倒也不是什麼大問題。

到了開賽前的一個小時，吳教練把治茂和奇興都叫到了休息區，最後決定由奇興擔任這場比賽的先發投手，不過仍要求治茂與緯輝在一旁繼續輕鬆練投。

距離開賽只剩不到半個小時，元台高中休息區上方看臺，已陸續出現身穿元台高中淺藍色制服的男男女女，手持各種加油道具，便是今天比賽的加油團。這次因為已打平創隊以來最佳成績，更有機會在今天打破隊史紀錄，就連校長也都親臨現場加油打氣。

治茂停下手邊的投球動作，望向看臺上加油助陣的啦啦隊，而另一頭西群高中也來了許多人。因為西群高中過去就是棒球名校，陣容及加油道具可比元台高中更為堅強、更為多元。

「咦，馨瑩怎麼沒來？」緯輝不知何時已脫下捕手面罩，湊到治茂身邊說著。

「哇，嚇死我喔！」治茂驚叫一聲。「馨瑩沒來正常吧，但怎麼沒看到巧歆——」

「哈——」緯輝露出傻笑。「老大該不會真的期待巧歆學姊揮舞大校旗幫老大加油助陣吧？還是學姊事先就知道今天是奇興學長先發，因為老大沒上場就不想來了——」

「怎麼可能，連我們都是剛剛才知道是奇興先發，而且我搞不好後面還是需要上場啊！」

「嗯，這就真的奇怪了——」緯輝歪頭說著。

等到比賽開始後，依舊沒有看到巧歆與馨瑩的身影，儘管治茂相當疑惑，但他還是一下就被場中的狀況所吸引。

元台高中一局上半先攻，一開始趁著西群高中先發投手不穩的狀況下，以保送及安打，先馳得點攻下了一分。

奇興不愧是吳教練寄予厚望的王牌投手，一局下半順利封鎖西群高中打線，還投出一次三振。

不過從二局上半開始，西群高中的先發投手似乎已經穩住陣腳，連飆了3K，讓元台高中的打者根本還摸不清球路，就被主審宣判下場。

之後雙方陷入投手戰，除了零星安打外，兩隊都沒有適時發揮連貫打線，元台高中一路以一比零的分數，僵持到了第五局結束。

進入第六局前的攻守交替空檔，治茂走出休息區稍微舒活筋骨，其實他還是很在意看臺上為何沒有巧歆的身影。元台高中棒球隊那麼重要的一場比賽，很可能就要創下隊史最佳紀錄，巧歆再怎麼說也會排除萬難，來現場見證這歷史性的一刻，這樣還真的很不像巧歆的作風，不知道她被什麼更重要的事所耽擱了。

看臺上已不見校長及一些教師的身影，這麼緊張的時刻，學校的代表人物就這樣離去，果然還真的只是沾沾光而已，這讓冶茂覺得相當不悅，這種行為像極令人反感的政客。

比賽進入八局上半，比分還是僵持在一比零的恐怖僵局。儘管奇興依舊穩穩展現王牌投手該有的壓制力，但吳教練為求謹慎，已請冶茂和緯輝到一旁練投暖身。冶茂也很明白，這種僅有一分之差的關鍵時刻，元台高中除了第一局趁著投手不穩攻下寶貴的一分外，之後打線可說是完全熄火，只有隊長仁哲和明原學長有再擊出過安打，其他打者可說自始至終摸不著投手球路。

就算西群高中先發投手下場後，他們後面還有更多實力堅強的後援投手可以上場，元台高中也未必會有好處。這種看似領先的優勢，其實已是如臨深淵、如履薄冰，完全不容許有任何閃失，冶茂必須隨時待命，好守住這一分戰果力求險勝，因此也深深感染了那股緊張的氣息。

以往冶茂會很想逃避這種場面，但這段期間經過大大小小的磨練，現在只要球隊有需要，他一定會挺身而出，盡一切的努力讓球隊獲勝。

八局結束後，雙方依舊沒有任何突破，記分板上除了元台高中一局上半得到的一分外，兩隊之後都是一路掛零，記分板上已經連續出現十五個零。

九局上半，西群高中投手威力不減，仍順利將元台高中三名打者解決，西群高中的先發投手達成完投九局僅失一分的精湛表現，要不是遇到對手奇興更為優異，在別場比賽這名投手可說絕對是勝投候選人。

比賽進入最後的關鍵半局，儘管九局下半場上仍是奇興繼續守護，但一旁練投的冶茂也絲毫不敢有所懈怠。

「什麼，學校有人跳樓自殺——」看臺上一名女學生驚叫著。「難怪校長和一些老師才會匆匆忙忙趕回去。」

冶茂聽到看臺上有人這麼說著，突然停下投球準備動作，學校如果出了這種事，也難怪校長會匆忙離場，之前倒是誤會了這些人。不過為什麼學校會有人跳樓自殺，難道是因為感情困擾或課業因素，這倒是讓冶茂很難理解。

不過冶茂還沒有時間繼續思考，目光早已被場上的情景所深深吸引，因為原本表現極佳的奇興，竟然在面對西群高中的第一名打者，就投出了四壞球保送。

九局下半，無人出局，一壘有人，西群高中一比零暫時落後，首要目標就是追平比分的西群高中，可想而知接下來會下達犧牲短打的戰術。

吳教練抬頭瞄向冶茂，冶茂見到後只是點點頭，揮舞手套向緯輝比出繼續投球的提示。原以為吳教練接著可能會走入場內，先安撫隊員情緒，不過元台高中一壘手，也就是隊長仁哲，已主動向主審提出暫停，包括捕手明原學長在內的所有內野手，全都聚向投手丘開起內野會議。投手奇興神情嚴肅，並以投手手套將臉部遮住，與其他野手交談，可想而知就是接下來的守備佈陣。

等到元台高中的球員再次回到守備位置後，西群高中下一名打者果然一上場就擺出短打的姿勢。投手丘上的奇興眼神堅定，看向本壘區的打者，接著送出一顆進壘位置有些偏高的快速直球，打者也瞄準這顆速球點了出去。眼看一壘手隊長仁哲及三壘手已衝向本壘方向，投手奇興投完球後也往一壘方向準備遞補，但這顆球點出去的位置及方向都相當不錯，沿著一壘方向滾了過去。

「一壘！一壘！」捕手明原學長大聲喊著。

隊長仁哲也判斷這球的滾動行徑路線，恐怕最後不會出界，隨即俯身接球，並轉身準備快傳一壘。而西群高中這名打者，由於腳程很快，甫一觸擊便已直奔一壘，讓仁哲接到球後，也沒多少時間可以猶豫。

不過原本應該往一壘壘包補位的奇興，表情顯得有些痛苦，雖已接近一壘壘包，卻還是沒有就定位置，但隊長仁哲判斷已無多餘時間繼續等待，除了迅速往前移動，還同時向奇興喊聲傳球。

一個穩穩的傳球後，奇興的手套先接到球，由於跑者已經相當接近，恐怕來不及自踩一壘壘包，奇興反射性伸手往打者身上碰觸，不過就在以為即將觸殺之時，打者突然一個閃身，竟躲過奇興伸出的手套。奇興想要再追上去，打者卻已經踏過一壘壘包，一壘審也迅速比出安全上壘的手勢。

西群高中休息區的球員及看臺上的加油團，全都樂得又跳又叫，尤其是整場沉悶的加油團更是彷彿終於睡醒，開始狂吼狂叫。

「幹！」奇興以手套遮住臉部，咬牙低聲咒罵著。不過緊跟在後的隊長仁哲，倒是聽得一清二楚。

西群高中這支犧牲短打戰術，不但成功將一壘跑者推進到二壘，就連打者自己也成功上壘，形成無人出局，一、二壘有人的極佳反攻機會。由於這支短打落點位置極佳，再加上打者本身速度夠快，最後紀錄組是給予一支安打的裁定。

不過元台高中的投手奇興及隊長仁哲，兩人心裡都非常清楚，這支犧牲短打原本應該很有機會，可以穩穩抓到這個出局數。

在元台高中休息區的吳教練，這時已先向治茂作了一個繼續練投的手勢，接著走向場內喊出暫停。

站在投手丘旁的奇興踢踢左腿，並彎身揉了幾下左小腿部位。從奇興剛才補位一壘的動作可以看出，奇興的腿部可能出現什麼狀況，才會沒能順利補位。

吳教練上去和奇興進行溝通，元台高中所有的內野手也圍在一起。奇興表情看起來相當不悅，頻頻對著吳教練搖頭。

沒多久，吳教練離開投手丘，往元台高中的休息區方向走去。不過就在回到休息區前，吳教練刻意稍微繞了一下，來到治茂練投的區域，劈頭就對著治茂說著：「洪奇興左腿肌肉有些緊繃，但他還不願意下場，不管結果是好是壞，希望能自己投完這場比賽。不過林治茂你還是隨時待命，我是怕他體力已經明顯下滑，腿部又有不適，下面這個短打抓到以後，可能還是需要你上場救援。本想保留你到後天的八強賽，但今天這場比賽如果輸了也不用煩惱後續，必要時還是得守住這種還有希望的局面！」

吳教練話剛說完便轉身離去，治茂只是一臉嚴肅看看場內，再望向看臺位置，依舊沒有巧歆的身影。不過由於比賽已到了最後關頭，對於巧歆的缺席，治茂也就愈來愈不以為意。

西群高中一如吳教練的推測，下一棒輪迴第一棒打者，依舊還是擺出短打的姿勢。

奇興輕踢左腳後，緩緩登上投手丘準備投球，算準西群高中這個短打戰術並非虛晃一招，奇興還是先來了一顆偏高的快速球，不過由於進壘點明顯沒有落入好球帶，打者即時將短棒收了回來，球數形成沒有好球一壞球。

再投出第二球，儘管球速還是很快，但成了一顆偏內角的壞球，打者收棒並往後閃了一下。

奇興看看壘上跑者，再看看本壘方向，西群高中打者在兩壞球的情況下，還是擺著短棒。奇興跨步向前，再投出了一顆拿手的大曲球，進壘點恰好削進了偏低的好球帶附近，但打者又將短棒收了回來，主審也沒有舉手宣判好球，讓球數形成了對投手絕對不利的沒有好球三壞球。

休息區的吳教練再次抬頭望了治茂一眼，治茂只是微微點頭回應。

西群高中打者依舊還是擺出短棒，不過在沒有好球三壞球的情況下，極有可能刻意再等一球，所以奇興並不以為意，先是踢踢左腿，接著登上投手丘做好準備動作，往前邁步投出，是一顆正中的快速直球，不過打者果然還是收棒。

球數來到一好球三壞球，打者依舊擺著短棒，奇興和捕手明原學長交換戰術後，奇興揮臂奮力一投，還是一顆快速直球，不過這顆速球有些失投，明顯偏向打者外角，打者順勢收回球棒，形成四壞球保送，也讓原本一、二壘上的跑者擠上了二、三壘，形成沒有人出局滿壘的局面。

西群高中的加油團，這下更是鑼鼓喧天，看臺上更有人開始高聲喊著「不要換、不要換」，由於加油團人數遠多於元台高中，這個喊聲一下便傳遍整個場中。

保送一形成，元台高中休息區的吳教練再也按捺不住，朝練投區的冶茂比了個預備的手勢，接著又往場內投手丘方向走了過去。

奇興見到吳教練第二次上場，心裡也很明白這次一定得換投，雖然內心充滿不甘，臉上也難掩懊惱神情，還是得接受這樣的結局。其他內野手見到吳教練的身影，也緩緩向投手丘聚集過去。

吳教練拍拍奇興的肩膀，向冶茂正式做了個上場的手勢，奇興即便是千百個不願意，還是只能垂頭喪氣走下投手丘。

冶茂深吸一口氣，向緯輝比了個ＯＫ的手勢，便往場內方向小跑步而去。原本冶茂還想瞄向看臺搜尋巧歆的身影，不過由於身負重任，也就沒有回頭觀望。儘管面對無人出局滿壘，這種對投手來說極為不利的局面，還是必須全力以赴，好將元台高中的領先分數穩穩守住，至少最壞的狀況也只能失掉一分。

見到奇興一臉落寞走回休息區，快要擦肩而過的冶茂，悄悄伸出右手向奇興比了一個讚賞的手勢，隨即又將右手伸進手套遮住。確實，以奇興今天的表現，除了九局下半遇到了一陣亂流外，前八局可說是將棒球強隊西群高中完全封鎖，投球內容還是相當優異。

等到冶茂跑到投手丘後，吳教練這次換成拍拍冶茂的肩膀說著：「林冶茂你就盡力投，輸贏不重要了，今年元台高中能打到這樣，教練真的很高興，今天的比賽也很精采，反正可能是這次聯賽最後一場球賽，你就盡情享受吧！搞不好運氣夠好還能打贏球賽，創下隊史最佳紀錄。但這都不重要，今年你們全隊都很棒，先跟你們說聲謝謝，不多說，後面有個更重要的，就是賽後的慶功宴！」

吳教練說到後來，一改嚴肅的神情，竟然還微微一笑，讓在場的其他內野手及冶茂也跟著稍微舒緩了緊張的氣息。

等到吳教練離去後，隊長仁哲拍拍冶茂後背說著：「哈，冶茂，盡量投吧，就用全力，反正後天不一定還要比賽呢！」

隊長仁哲說完便朝一壘方向緩緩移動，而其他野手也紛紛回到各自所屬位置。剩下捕手明原學長在轉身離去前，只伸出右手向冶茂比了個大拇指。

冶茂很明白，大家當然都很在意這場比賽的勝負，因為這是關係到是否能進前八強的最後關鍵。不過大夥兒為了紓解壓力，都向冶茂投以最大的善意，這當然令冶茂十分暖心。但冶茂很清楚，他的目標很明確，就是全力以赴和隊友一起守住這一局。

無人出局攻占滿壘，西群高中只要一支安打，不僅可能追平比數，更可能逆轉比分再見比賽。

為了避免失去任何分數，元台高中的內野守備範圍縮小，就是希望在打者擊出內野滾地球時，能以守下本壘這一分為首要目標。而外野手也趨前防守，就是怕高飛犧牲打的出現，若是出現深遠的長打，西群高中一下就會得到兩分，其實比賽也同樣會宣告結束，所以這樣的布陣可說是一項重大賭注。

冶茂和捕手明原學長交換暗號後，隨意看看一、三壘上的跑者，接著眼神堅定盯著捕手手套，西群高中輪到第二棒打者，今天也曾經有過一支安打的表現。場邊西群高中的加油團不斷高聲喧鬧，就是想要擾亂冶茂的情緒。不過冶茂不為所動，抬腳跨步，奮力揮臂，一顆大幅度的內角滑球眼看就要削進好球帶，卻在進壘前又往打者外角方向拐了過去。

西群高中的打者早對元台高中的奇興及冶茂研究多時，預測今天比賽元台高中的投手不外乎就是壓上奇興及冶茂，深知冶茂最擅長的武器就是滑球。西群高中的打者，見到冶茂第一球果然就使出最擅長的滑球，心裡早有鎖定，算準時機便猛力一揮，只是完全沒料到，球拐出去的軌跡比想像中還要大上許多。

儘管打者揮棒時機抓得不錯，本來就想要鎖定滑球猛力揮擊，以求外野高飛球的出現，至少先幫球隊追平分數，但冶茂這顆滑球變化很大，打者沒有擊中球心，反擊成投手方向的滾地球。打者發現落入圈套後，大罵一聲「靠」，便全力往一壘衝刺。

見到西群高中的打者落入陷阱，冶茂趕緊下丘彎身將這顆投手前的滾地球撿起，一個墊步就將球傳到捕手明原學長手中，踩在本壘板上的明原學長接到球後，一刻也不停留，便舉球揮臂傳向一壘。

儘管打者奮力衝向一壘，不過明原學長這顆球又快又準，劈腿踩在一壘壘包的隊長仁哲，接到球後還刻意頓了一下手套，一壘審隨即高舉手勢宣判打者出局，元台高中一下就完成了一個先傳本壘、再傳一壘的漂亮雙殺。

元台高中休息區的球員，以及看臺上的加油團，全都異口同聲發出驚呼。男男女女的尖叫聲相互交錯，而休息區的緯輝更是興奮地抱住身旁的高三學長。

原本坐在休息區的吳教練，見到這球擊出時早就跳了起來，再看到元台高中完成雙殺守備更是大聲吼叫，已完全顧不著身為教練該有的形象。

眼見大好局勢一下就被元台高中硬生生沒收掉三分之二，西群高中休息區及看臺上的加油團全都一片死寂。

西群高中一下便形成兩人出局，不過二、三壘上仍有跑者，比分依舊還是元台高中一比零暫時領先，危機可說尚未解除，隨時只要再出現一支安打，還是可能被再見比賽。

冶茂站在投手丘旁深吸一口氣，脫下帽子再重新戴上，並抬頭看了一下天空。雲層雖厚，卻不像是個會下雨的午後，西群高中的加油團又再次鑼鼓喧天，趁著最後一個反攻機會，竭盡全力嘶吼出來。

面對西群高中的第三棒打者，是一名擅於長打的重砲手，儘管今天面對奇興，並沒有任何表現，甚至還被三振兩次，但這名打者的實力還是不容小覷。

看看二、三壘跑者，看臺上西群高中的加油團竭盡全力嘶吼干擾，冶茂投出第一球，是一顆偏低的變速球，不過打者猛力揮擊，卻揮了一個大空棒。

「就差這一個出局數了——」

治茂內心默默告誡自己，這次一定要穩穩再抓到這個出局數。

接著兩顆壞球並沒有再誘使打者出棒，使球數形成一好兩壞。治茂再次跨步投球，是一顆偏高的快速直球，打者想要出棒，卻臨時忍了下來，不過由於削進好球帶，主審早已高舉好球判決。

球數來到了兩好兩壞、兩人出局，二、三壘有人的緊張局面。不管以什麼方式解決，三振也好，刺殺也好，接殺也好，只要這名打者能夠出局，元台高中便能創下隊史最佳紀錄，首次打入高中棒球聯賽的前八強。

「再一顆好球就好，不，是出局數就可以！」

治茂再次告誡自己，但這次心態上早已有所不同，不管結局如何都會自己承擔，在到達終局前，也一定會全力以赴。

無視於西群高中看臺上的喧鬧，治茂直盯前方明原學長的捕手手套，抬腳扭身，邁步向前，同時一個使盡全力的揮臂，一顆大幅度的拿手滑球，快速往本壘方向飛進，打者見到球的進壘位置極佳，早已準備打擊，但見到球開始拐往外角方向，絲毫沒有懼色，依舊奮力揮擊。

「花惹發——」治茂瞪大雙眼，看著打者將球擊向一壘方向。

這顆平飛球沿著一壘邊線飛去，隊長仁哲使盡全力奔向邊線，並飛身躍起撲接，眼看只要接到這顆球便能結束這場比賽，但球的飛行速度真的太快，儘管仁哲飛撲而去，卻也未必能夠接住。

如果這顆球沒能順利接住，形成一支沿著外野邊線的二壘安打，這場比賽真的就此結束。

治茂輕瞇雙眼，看著隊長仁哲漂亮的飛撲姿勢，但球的飛行速度，恐怕還是會勝過隊長仁哲，內心不禁大聲嘶吼：「都已經使盡全力了，難道還不夠嗎？」

◎第九棒：輸了、贏了，又有什麼差別？

「老大——」

緯輝語帶哽咽叫著冶茂，不過冶茂只是紅著眼眶默默流淚，就連緯輝自己也止不住淚水。

比賽結束後，冶茂和緯輝沒有參加吳教練賽中所承諾，不論勝負結果都會安排的慶功晚宴，反而直接趕回元台高中附近的綜合醫院。

由於比賽一結束，緯輝看到自己手機中的訊息，便急忙通知冶茂，兩人便匆匆忙忙向吳教練告假趕來，所以身上都還穿著紅白藍配色的元台高中棒球隊隊服。兩人身上除沾了許多紅土外，還散發著濃濃的汗臭味。

病床旁還有馨瑩不斷啜泣，徐媽媽紅著眼眶，伸手撫摸病床上的巧歆，而巧歆只是閉著雙眼，並沒有任何反應。不過巧歆清秀的面容十分祥和，看起來就像陷入沉睡的少女。

一旁的櫃子上，放著元台高中的大校旗，根據馨瑩的說法，巧歆今天上午對馨瑩興奮說著：「要給林冶茂一個大驚喜，別以為我只是個乖乖牌好學生，為了熱愛的棒球也是會做出瘋狂的舉動，不要以為我做不到——」

不管馨瑩怎麼追問，巧歆就是不願意透露，只說到了球場就會知道，馨瑩也就沒再追究下去。但到了約定一同前往洲際棒球場的時間，巧歆卻遲遲沒出現在校門口，撥打手機也沒有回應，原以為巧歆學姊可能被什麼事耽擱在文學社社辦，馨瑩便返回學校想要找人，卻發現司令台邊圍著一群人，還有救護車呼嘯而來的刺耳聲響，這才看到有人躺在司令台前的操場上，一動也不動，手中卻緊抓著元台高中的大校旗。

馨瑩抬頭望見架在司令台屋頂上方的三根旗杆，中間最高的是國旗，兩旁則分別是元台高中的兩面校旗，不過其中一面校旗已經不在上頭。

一想到巧歆之前曾透露過想要帶大校旗去球場上加油，再加上先前的神祕話語，讓馨瑩全身不覺為之一震，愈想愈不對勁，連忙擠進人群一看，躺在地上的果然就是巧歆學姊。

冶茂聽到這裡，腦海裡浮現巧歆拖著行動不便的左腳，跨越二樓窗臺的景象。為了完成拿下司令台上方大校旗的舉動，對一般人來說，或許還不是那麼困難的事，但對於巧歆來說，許多動作就顯得比較吃力，甚至都可以想像巧歆解開升旗繩索後，努力墊腳拿取旗子的景象。

儘管有人表示曾看到一位女學生在司令台屋頂上方的旗杆架邊徘徊，卻沒人看到巧歆從司令台上落下的那一刻。不過警方推測腳不方便的巧歆，可能是在拿下校旗準備離去時，恰巧遇到規模不小的地震，一時慌了手腳才會不慎從司令台屋頂上方墜落。儘管巧歆沒有嚴重的外傷，但由於墜落時頭部受到撞擊，因此陷入昏迷。

冶茂看著病床上的巧歆，眼淚又不由自主再次流下。

「巧歆——」冶茂哽咽地說著。「妳怎麼那麼傻，妳只要來現場幫我們加油就夠了，幹嘛要冒這種險。就算身體不方便，我一直都覺得妳比一般人還要堅強，根本不需要證明什麼，也不需要給我什麼驚喜，妳這幾年給我的鼓勵和幫助已經太多太多。妳知不知道妳錯過了元台高中創下隊史最佳紀錄的那一刻？妳知不知道我們已經打進前八強了？妳知不知道九局下我們真的差一點就被再見比賽？妳知不知道我最後投出再見三振的前一球，真的以為就要被擊出再見二壘安打？還好最後球出了界外，我那時看到元台高中全體隊員不想認輸的拼戰精神，尤其是隊長仁哲拚命向前飛撲的那一幕，真讓我非常非常震撼。那球之後我心裡一直浮現妳曾經告訴我，元台高中需要我的那句話，所以下一球我真的使盡全身力量，投出一百五十公里的快速直球，是讓打者揮棒完全跟不上球速的再見三振！如果不是眾人的力量、眾人的期待，更重要的是，還有巧歆妳長年的期盼，我是絕對不可能投出那麼快的球速！」

陷入昏迷的巧歆，對於治茂激昂的話語，完全沒有反應，讓治茂感到非常失落。

「阿茂，不要這麼說——」徐媽媽強忍淚水輕拍治茂的肩膀。「巧歆雖然現在這樣，但她一定很高興你們打贏比賽。她真的很喜歡看你們打棒球，每次看你們打球時，她都顯得非常快樂，尤其是治茂你，更是她每天都會提起的話題人物，是她才該謝謝你，幫她彌補了身體上的不足，代替她圓了打棒球的夢想——」

「徐媽媽，對不起——」治茂低頭說著。「都是我的錯，對不起——」

「不是，是這孩子自己太傻——」徐媽媽說到此處終於還是忍受不住，只能任由淚水流了下來。

「對不起，是我害了巧歆——」治茂向徐媽媽彎身低頭。「我一定會好好照顧巧歆的，我會照顧到巧歆醒來為止，請徐媽媽先休息吧——」

「老大——」緯輝小聲說著。「可是後天比賽只剩你可以先發——」

「比賽有巧歆重要嗎？」治茂緊皺眉頭說著。「我不打了！」

「什麼！」緯輝雙眼微睜，但對於治茂的怒目卻遲遲無法回應。

儘管治茂還想待在醫院守在巧歆身旁，卻還是被徐媽媽嚴厲斥責，應該要先以比賽為重，巧歆如果知情，一定也會大聲責罵治茂。

治茂最後雖然在徐媽媽半強迫下離開了醫院，卻還是覺得相當迷惘。摯友巧歆為了替自己加油打氣，才會發生這種意外，這讓治茂真的非常痛苦。

離開醫院後，原本緯輝想繼續跟著心情低落的治茂，但還是被治茂趕了回去。

和緯輝分開後，治茂獨自一人來到了橋下的祕密基地。

墓地旁鐵皮屋的窗戶依舊一片漆黑，治茂本來想找墓仔伯談談，卻還是撲了個空，真不知道墓仔伯到底發生了什麼事，只好獨自坐在橋下凝視遠方。

遠方橋上有著來來往往的車流，因為已經進入夜晚，每輛車都開著大燈，更讓車流形成一串一串快速移動的絢爛流光。

儘管知道今天這場比賽，元台高中已經壓上奇興，又投了超過一百球，沒有經過三天以上的休息，依照規定是不能再上場投球。治茂雖然意外上場後援，不過如果今天沒有精銳盡出拿下勝利，也沒有下一場比賽，所以吳教練還是讓冶茂登板，冶茂也不負眾望，帶領元台高中順利打進八強賽。

冶茂後援上場，投了不到十球便將比賽結束，依照主辦單位規定，還是需要休息兩日以上，才能再次上場投出超過一百球。不過由於後天比賽如果登板先發，因為也不過休息一日，這樣冶茂就有用球球數限制，不能超過八十球，不然就要強制換投。奇興已經不可能上場，但是冶茂之後的投手等級落差太大，而八強賽元台高中又要強碰歷年的冠亞軍常客南強高中，似乎不用比賽就可以知道結果。

「這種比賽還有意義嗎？」冶茂思忖著。

一想到原本還活蹦亂跳的巧歆，昨天晚上甚至還對冶茂信誓旦旦說著：「不要小看我身體有缺陷，我可是比你還要堅強、還要努力，明天你可別被我嚇到，在場上千萬別輸給我啊，林冶茂小妹妹！」

言猶在耳，不過想想人真是脆弱，巧歆看起來不過就像沉沉睡去，但醫生卻也沒有把握，腦部受到這樣的撞擊，是否還能甦醒。

——如果當時沒那麼剛好發生地震，巧歆是否就會拿著元台高中大校旗，出現在球場看臺上盡情揮舞吶喊？為什麼地震那麼剛好就發生在巧歆爬上司令台屋頂的時候？這種巧合未免也太捉弄人。

「唉——」冶茂長嘆了一口氣。

「林冶茂小妹妹！」

發現自己如此垂頭喪氣，巧歆這熟悉的叫聲彷彿就會出現在冶茂耳邊，不過這次只有空蕩蕩的車流聲不斷由遠而近呼嘯而過。

「老大——」緯輝的身影突然出現在冶茂身旁，因為深怕嚇到冶茂，緯輝只是小聲說著。

「你果然在這裡——」

「唉，不是叫你別煩我了——」冶茂原本就要生氣，但看到這個已經跟隨自己多年的學弟，一直都是如此關心自己，也不好再說些什麼。

「老大，我不是要故意煩你，我知道巧歆學姊一直是你的精神支柱，現在遇到這種意外，你心情一定很不好，應該也無法出賽。我想你心意已決，我也說不動你繼續參加比賽，但明天我還是會去學校練球，就算後天對手是超強的南強高中，我們元台高中還是有義務好好把最後一場比賽打完。」

冶茂聽到緯輝如此說著，儘管遇到巧歆這種令人心痛的意外，闊別一年後，內心深處其實還是有個聲音告訴自己，想要與南強高中再次對決。

「老大，這個給你——」緯輝拿出一個信封紙袋，冶茂接過之後可以感覺到裏頭裝著一疊資料。「這是馨瑩拿給我的，她說這是巧歆學姊前陣子蒐集的資料，就放在文學社社辦。雖然不知道老大還會不會打後天的比賽，但怕這是巧歆學姊的心意，說不定對比賽有幫助，所以馨瑩還是請我轉交給老大——」

信封紙袋上頭寫著「TO林冶茂小妹妹」，是巧歆相當工整的字跡。

緯輝將信封紙袋交給冶茂後，為了不再打擾，向冶茂揮手致意後便轉身離去。

等到緯輝離去後，憑著微弱的光線，冶茂將幾張資料從信封紙袋抽了出來，裏頭並不是什麼高中棒球情資，而是張傳隆、林泰謙及李君山的舊聞佚事，冶茂雖然很感謝巧歆的用心，不過他已經走出身世不佳的陰霾，或許巧歆也早有察覺，才沒有將這些資料再交給冶茂。冶茂決定收藏好這些巧歆辛苦蒐集的資料，但不會去特別翻閱這些上一代的往事。

冶茂隔天又再去醫院探望巧歆，不過巧歆依舊還是呈現昏迷狀態，儘管已經決定不參加明天的八強賽，但對元台高中棒球隊還是放不下心，冶茂還是悄悄跑去學校棒球場。不過因為不想被隊友發現，只是躲在一個偏僻之處，遠遠看著大家努力練球的身影。

奇興雖然不能上場，依舊還是在場邊指導高一的投手學弟，而緯輝則在另一頭賣力揮著空棒練習。

「呃，學長——」

專心凝視遠方的冶茂，突然被一個女孩聲音打斷，轉身一看，才發現原來是馨瑩。

「學長，不好意思——」馨瑩小心翼翼說著。「雖然有點冒昧，不過我看阿輝伯真的很苦惱，非常希望能跟學長一起打明天的比賽。他一直說這是學長一手打造出的八強賽，很想再看學長上場光榮奮戰。不過我知道連阿輝伯都勸不了學長，而我跟學長真的沒有很熟，更沒有這種能耐。不過我跟巧歆學姊非常要好，學姊也一直對我非常照顧。就我所知，即使學姊發生了這種不幸，她一定還是會希望學長繼續參加比賽的——」

「唉——」冶茂搖搖頭。「其實也不是我不想參加，但我覺得這種狀態真的無法上場，硬要上場只會拖累大家的——」

「呃，學長，我也沒有要苦苦相勸的意思，畢竟發生這種事，心情不可能不被影響，只是——」馨瑩將手中的一張稿紙交給了冶茂，接著開口繼續說著。「這是我擅自決定拿給學長的，這是巧歆學姊這次校內文學獎得獎作品的初稿，一直就放在文學社社辦。雖然巧歆學姊後來打成電子檔時，有再潤飾並加長篇幅才投稿參賽，但我覺得這親筆文稿比最後得獎的作品更具意義。我想巧歆學姊一定很樂意將這篇文章分享給學長看，雖然沒有徵得學姊同意，我還是擅自拿給學長了。沒有什麼別的用意，我想就這樣了——」

馨瑩說完後向冶茂輕輕點頭便轉身離去，冶茂目送馨瑩離去後，這才將手上的稿紙拿起，上頭滿滿都是巧歆的工整字跡，文章標題是「我有一個夢，一個台灣的棒球夢」。

冶茂細細閱讀巧歆的文章，原本只是抱著隨意瀏覽的心態，不過看著看著，冶茂的表情愈形扭曲，沒多久便再也無法壓抑自己的情緒，任由淚水不斷流下，之後更是放聲大哭起來。

好不容易整理好情緒後，冶茂將巧歆這篇親筆手稿輕柔摺好，並收入隨身側包，便直接奔向棒球場。

「死阿輝伯！」

冶茂突然現身棒球場外，讓元台高中所有的球員都嚇了一跳。

「老大，沒關係的——」緯輝雙眼微睜說著。「我已經跟吳教練說明情況，吳教練也很能理解，所以不會勉強老大參賽的——」

「死阿輝伯——」治茂置若罔聞，只是眼神堅定繼續說著。「你說明天對南強高中那場比賽是最後一場？」

「呃，對啊，老大不用擔心，會派我們元台高中第三號投手上場的！」

「你看你還是沒搞清楚！」治茂不耐地說著。

「啊？」緯輝一臉疑惑。

「明天還不是最後一場，還有四強賽，懂不懂！」

看著治茂堅定的神情，一旁的球員全都目瞪口呆，深怕治茂是因為受不了打擊，才會變得如此荒唐。

不過此刻治茂雙眼炯炯有神，展現前所未有的高昂鬥志。

元台高中棒球隊又來到了台中洲際棒球場，不過今天卻間歇性下著綿綿細雨，因為賽程安排相當密集，如果雨勢不是很大，還是會盡可能讓比賽繼續進行。

比賽同樣是下午兩點半開打，元台高中及南強高中兩隊均提前到場練習。

南強高中身穿黑衣白褲，過去就一直是高中棒球聯賽冠亞軍賽的常客，可說是多年來實力最為堅強的隊伍之一。吳教練原本對於元台高中能突破隊史紀錄打進前八強，已經非常滿足，這場比賽遇到最具冠亞軍相的南強高中，恐怕也很難再有突破。

原只想讓冶茂先發好好投完用球限制80球後，能將比分控制得宜，至少不要像去年會外賽遭遇南強高中，不但被提前結束，還投到多名野手上場頂替投球的難看局面。不過冶茂因為摯友遭遇變故而無法出賽，吳教練也就不再強求，改以元台高中第三號投手學弟擔任先發，目標就是不要被提前結束。

不過昨天冶茂又突然出現在元台高中棒球場外，要求擔任先發，並向所有隊友宣示，要以打進前四強為目標，這倒是讓吳教練反而傷透腦筋。但也許就像冶茂所說的，今年元台高中的整體實力不弱，不能因為遇到強勁隊伍就先認輸，勝負未定前還是應該全力以赴。

看臺上已陸續出現兩隊的加油團，由於首次打進前八強，元台高中的校長因為不熟悉高中棒球界的情況，以為這次球隊大有可為，更直接宣布停課半天，改為觀賞高中棒球聯賽的校外教學，率領全校師生前來觀戰加油。

見到看臺上滿滿的元台高中加油團，呈現一片淺藍色的制服海，人數甚至比南強高中還要多上許多，吳教練這才慶幸冶茂及時歸隊。不然要是在滿滿觀眾下放棄比賽，尤其是在校長面前打得非常難看，對元台高中棒球隊來說，恐怕也不是件好事。

「咦？」一旁暖身的冶茂，偶一抬頭望向看臺，觀眾席上第一排的一位女性身影，著實讓他嚇了一大跳。

這人當然不可能是巧歆，而是治茂的母親。

「老大——」緯輝發現治茂神色異常後，直接湊了過來。「其實林媽媽已經知道老大有在打棒球了，這件事我也是昨天聽馨瑩講才知道，還請老大不要生氣——」

確實，林媽媽身旁坐著的就是馨瑩，而馨瑩手上則拿著元台高中的大校旗，治茂當然知道那面校旗是怎麼來的。

緯輝繼續說著：「馨瑩說她之前和巧歆學姊已經一起去找過林媽媽，學姊也向林媽媽坦承老大已經偷偷打了多年的棒球，這次更因為表現優異被選入青棒國家代表隊。老大也因為這次參訓，知道自己的老爸曾經是職棒選手，還有老爸後來有做過不光彩的事，但老大還是繼續再站起來，帶領元台高中在這次高中聯賽打出非常優異的成績。不過林媽媽竟然回說早就知道老大根本不是讀書的料，怎麼可能參加科展，老大也長大了，要自己對自己的決定負責，她也不會再反對老大打棒球了。馨瑩說她只是代替執行巧歆學姊的願望，邀請林媽媽一起來替老大加油，然後——」

見到緯輝顯得有些慌張，治茂只是微微一笑，伸手制止緯輝繼續再說下去，接著轉身向看臺上的母親熱情揮手。

林媽媽及馨瑩看到後，也都熱情回應，馨瑩更是不停揮動手上展開的校旗。

「林治茂！」

一個熟悉的聲音從治茂身後傳出，治茂還沒回頭，就已聽見緯輝畢恭畢敬叫著：「景勝學長好！」

「林治茂——」身穿黑衣白褲的景勝，並沒有理會緯輝，只是繼續開口說著。「你這次高中聯賽表現真的很不錯，前天還成功化解滿壘危機。雖然今天我們一定會贏，但也請你好好加油，挫挫鴻濟那傢伙的銳氣吧！」

治茂先是傻傻一笑，但沒多久竟神情認真說著：「學長，勝負未定，不要小看我們元台高中喔！」

「哼——」景勝儘管冷哼一聲，卻難掩愉悅的心情。「好小子，本就該有這股氣勢，那我就拭目以待！」

景勝說完便頭也不回轉身離去，不過元台高中的所有隊員，早就注意到這名高大帥氣的捕手，特別過來向治茂交談的情景。不僅元台高中，因為兩隊交戰前，就算雙方私交再好，也鮮少會出現直接跑去敵方陣營交談的情形，這讓南強高中的隊員也都不難注意到這種罕見的場景。

原本高中棒球界就一直盛傳治茂是景勝的小弟，眾人經過剛才親眼見到那有說有笑的畫面，更證實這個傳言真的不只是傳言而已。

南強高中派出陣中第一王牌左投李鴻濟先發，並非南強高中相當看重元台高中，他們也知道元台高中因為比賽規定，今天比較像樣的投手就只剩下治茂，而且因為前天已經上場投球，今天還有投球球數限制，只要治茂下場後，比賽想要取勝也不是多困難的事。不過南強高中就奪冠投手佈局考量，今天壓上王牌主要是為了維持鴻濟手感，預計在充分休息後的冠亞軍賽再正式登板奮戰。

不管南強高中有什麼考量，治茂也不想輕易放過這個與鴻濟學長正面對決的寶貴機會。不過因為球數限制問題，面對南強高中這種打擊強隊，想要節省用球數，似乎相當困難，更不可能在80球內完投九局，但治茂也管不了那麼多，就是一球一球用心投就對了。

天空又飄起小雨，主審抬頭凝視了好一陣子，但由於雨勢不大，並不會影響比賽進行，表定的兩點半一到，便大聲喊著：「Play Ball！」

一局上半，由元台高中先攻，面對鴻濟的投球，完全一籌莫展。一局下半治茂也還以顏色，讓南強高中三上三下，不過由於打者選球能力及打擊技巧極佳，還是用掉了17球。

「咦？」治茂在一局結束下場時，在本壘板後方的看臺上，看見一名戴著墨鏡的中年男子，從那熟悉的身形不難判斷，便是青棒國家代表隊的李總教練。

過去見到李總，或許還會有些懼怕，不過治茂現在也已經不是國家代表隊選手，更重要的是，今天的目標就是全力取勝，也就完全不想理會李總的觀戰。

二局上半，元台高中還是揮擊不到鴻濟的球，更吞下兩次三振。攻守交替後，治茂第一名所要面對的打者就是號稱高中棒球界最強打者徐國宇，也唯有他能取代景勝過去不動四棒的位置。

治茂對於徐國宇並不算陌生，甚至還一同參加過國手集訓，不過因為出言不遜，所以一下就被李總除名。儘管如此，徐國宇的打擊能力，還是被高中棒球界所公認的重砲好手。

徐國宇站上打擊區，魁梧的體型及結實的肌肉，渾身散發著懾人的氣勢，更以極為輕蔑的眼神盯著冶茂。由於沒有正式交手過，卻早已素聞盛名，冶茂也完全不敢大意，和明原學長交換暗號後，冶茂使勁投出一顆壓低的內角快速球，不過徐國宇的揮棒速度極快，一下就咬中球心，將球硬生生撈向中外野，接著一個俐落甩棒，張開雙臂緩緩奔向一壘。

見到擊球的那一瞬間，還有徐國宇的動作，冶茂根本不需回頭，就可以知道這球的結果。

徐國宇緩緩跑完四個壘包，伸手指向南強高中的休息區，隊友早已站成一排，迎接他的凱旋歸來。

南強高中總算突破冶茂的投球擊出安打，而且第一支安打便是中外野方向特大號的陽春全壘打，使南強高中先馳得點以一比零暫時領先。

捕手明原學長及一壘手隊長仁哲，原本都想要上前和冶茂說幾句話，不過冶茂雙眼堅定向兩人揮手婉拒，並回了一個沒有問題的暗號手勢。

比賽繼續進行，輪到南強高中的第五棒景勝。

儘管冶茂就是景勝傳聞中的小弟，不過兩人睽違一年後的再次對決，景勝還是非常嚴肅以對。因為景勝很清楚，冶茂前一球雖然被徐國宇擊出陽春砲，但如今站在投手丘上的冶茂，無論是球技或是心理素質，已不可同日而語。

面對打擊區上的景勝，他的擊球準備架勢也絲毫不輸給重砲手徐國宇。冶茂小心翼翼與明原學長交換完暗號，同樣又投出了一顆內角偏低的速球，不過景勝沒有出棒，但主審已宣判好球。

冶茂接著又再投出一顆拿手的滑球，從景勝的內角處拐進了好球帶，主審再次高舉好球。

兩好球沒有壞球的情況下，投手取得絕對優勢，冶茂再次投出一顆偏高的外角變速球，不過由於接近好球帶，景勝毫不猶豫將大棒一揮，不過似乎早已鎖定球路，沒有過早揮擊，直直咬中球心，將球扎扎實實擊向中外野方向。

冶茂雙眼微睜，暗想不妙，轉身追尋這顆飛球，這球飛得又高又遠，只見元台高中的中堅手拚命向後退、向後退，一直到了全壘打牆前才停下腳步，總算穩穩將這球接進手套。

看臺上元台高中為數眾多的加油團，這下總算發出了震天的歡呼聲。雖然穩穩抓到了出局數，但景勝學長這個飛球也讓冶茂捏了一大把冷汗。

景勝看到自己這球被接殺後，轉身離開一壘前，還一臉正經指向冶茂，接著又輕敲自己的胸膛。

「難不成景勝學長是在鼓勵我？」冶茂有些難以置信地思索著。

不管景勝學長的用意為何，冶茂只想好好面對下一名打者。

經過接連兩棒的震撼教育後，冶茂總算回穩，順利解決接下來的兩名打者，不過這個半局也用掉了20球。

接下來的幾局，雙方陷入投手戰，元台高中始終還是無法從鴻濟手中敲出安打。而後面幾局，不知是否因為與預想有所不同，南強高中的打者急於出棒，反而打得都不是很好，冶茂總算在用球數較為精簡的情況下，守住了接下來的幾局。五局結束後，冶茂用球數已累積到了71球，恐怕六局下半結束前，治茂就可能因為超過用球數而被迫下場。

到了六局上半，首先上場打擊的打者，總算擊出元台高中的第一支安打，而且還是沿著右外野邊線的二壘安打，沉睡已久的元台高中加油團全都跳了起來，總算可以忘情嘶吼。南強高中原本就只是想讓鴻濟上場先發維持手感，所以在鴻濟被擊出第一支安打後，為了保留冠軍賽的重要戰力，也沒必要讓鴻濟拿下這種完封、完投勝，便換上了第二任中繼投手。

這名中繼投手也是南強高中小有名氣的強投，不過並不是南強高中的第一號中繼投手，或許想把第一號中繼投手留在四強賽使用，所以面對實力較弱的元台高中，反而派上了第二號中繼投手。但這名投手一上場還是賞給了元台高中兩張老K，也讓原本元台高中的大好反攻機會，只剩下最後一個打擊機會。

中繼投手見到元台高中的打擊實力並沒有想像中那麼強，對著元台高中的休息區方向投以一個帶有輕蔑意味的冷笑。

下一棒輪到隊長仁哲上場打擊，兩人出局二壘有人，只要一支適時安打，便很有機會將比數扳平，不過就看仁哲是否能突破這名中繼投手的球路。

中繼投手和捕手景勝交換暗號，不過這名投手只是頻頻搖頭，彷彿無論什麼暗號都不滿意。只見這名投手又再次露出輕蔑一笑，沒有點頭回應暗號，便做起投球準備動作。

投手一個俐落抬腳揮臂，投出了一顆直直進入好球帶的快速直球，站在打擊區的仁哲早已鎖定這顆正中直球猛力揮擊。只見這顆飛球沿著右外野邊線平射而出，看臺上的元台高中加油團，全都站起來觀望，而二壘上的跑者早已提前起跑，一下就繞過三壘往本壘直奔而去。

南強高中右外野手直直往後退，但這顆平射飛球速度太快，右外野手根本就來不及追上。不過就算右外野手能追上，也無法守住這一分，因為這顆平射飛球角度雖然不是特別高，最後竟然剛好越過了全壘打牆，形成一支逆轉的兩分砲。

「喔！喔！喔！喔！啊！啊！啊！啊！」

元台高中的加油團全部樂得又跳又叫，滿場的師生全都跳了起來，就連校長也跟著大聲吼叫，整個看臺都隨著加油團的跳動而上下震動。

休息區的吳教練當然也是欣喜若狂，不過他的喜悅一下便告消失，因為他知道這個短暫的領先局面，如果在治茂下場後，恐怕也很難維持多久。

相對之下，南強高中不管是休息區或是看臺上的加油團，全都瞪大雙眼無法置信，而教練更是臉色鐵青瞪著投手丘上的中繼投手。

比數一下就來到了二比一，元台高中因為這支全壘打，反而領先南強高中一分。

景勝在仁哲踏回本壘壘包得分後，向主審喊了一個暫停，接著走向休息區跟教練講了幾句話，教練先和一旁的隊員交代幾句，沒多久便和景勝一同回到場中。景勝走到本壘板後方就停了下來，不過教練則繼續走向投手丘。教練走到投手丘上便異常憤怒罵了幾句，聲音之大，就連遠在休息區的元台高中球員，都可以清楚聽見罵人的內容，之後教練更是怒氣沖沖把這名中繼投手趕了下場。

南強高中這次總算換上陣中第一的中繼投手，果不其然，順利解決了下一名打者，總算結束掉這個令南強高中相當難堪的六局上半。

「林冶茂，只剩9球的投球數了——」吳教練在冶茂上場前提醒著。「不過沒關係，你今天表現真的非常優異，扣掉那支陽春砲，還是展現非常強大的壓制力，可惜有投球數限制，不然你繼續投下去，搞不好我們真的能擊敗南強高中。可惜了，好好享受剩下的投球吧！」

「教練，不要緊的——」冶茂只是微微一笑。「我會再想其他辦法的，我會盡全力守住剩下的四局，我們還是有機會贏的！」

儘管吳教練聽得一臉茫然，投球數再怎麼順利、再怎麼節省，冶茂也不可能投完接下來的四局。但冶茂並沒有再多做解釋，拿起投手手套便往場中央走去。

六局下半，冶茂先以兩球就解決了第一名打者，由於現在反倒是元台高中領先一分，南強高中的打者顯得更為心急。第一名打者下場後，南強高中的教練將出局的打者及下一名打者都叫了過去。教練的神情相當不悅，向下一名打者交代幾句後，這才退回休息區的座椅上。

下一名打者上場後，冶茂連投兩顆好球，打者都沒有出棒，等到下一顆球時，打者這才揮了空棒遭到三振。

第三名打者同樣還是先等了第一顆球，使冶茂的累積球數來到了77球。

治茂此刻已發現南強高中教練剛才所下的戰術，就是要打者盡力將治茂的用球數消耗完畢，所以禁止打者揮擊前兩球。明原學長向治茂做出了引誘揮棒的壞球暗號，不過治茂搖頭回應，交換幾次暗號後，直到明原學長做出偏外角好球的手勢後，治茂這才點點頭。

果不其然，治茂的下一球，打者並沒有出棒，只是眼睜睜看著球進入偏外角的好球帶。

現在兩好球沒有壞球的情況下，打者下一棒不得不出棒，治茂和明原學長交換到滑球暗號後，便奮力揮臂投出一顆大幅度的滑球。打者出棒後，只是擊成了一個內野滾地球遭到刺殺，也讓六局下半南強高中的進攻，形成了三上三下。

「79球——」治茂走回休息區時心裡默唸著。

「林治茂，你也太神了吧，算得那麼精準，剛剛好79球——」吳教練見到治茂重回休息區後，只是面露苦笑說著。「我已經叫後援投手去暖身了，你下一局最多也只能再面對一名打者，用球數一定會超過了。就算順利解決，後面南強高中還有八個出局數，就只能期待後面的投手守住，雖然可能有些困難——」

「教練，我覺得我還能投——」治茂眼神堅定地說著。

「林治茂，這我當然知道，你今天狀況真的不錯，但規定就規定，所以上個半局南強高中才會故意想要消耗你的用球數。」

「不過，規定是這樣規定——」治茂輕皺雙眉說著。「或許還是有漏洞吧，我覺得可以跟主審說說看——」

「啊？」吳教練瞪大雙眼說著。「林治茂，我知道你很想贏，大家也都想贏，你也已經拚盡全力了。但主辦單位這種用球數的規定，跟主審討價還價怎麼可能有用——」

儘管吳教練苦苦相勸，治茂卻只是置若罔聞，靜靜看著場上元台高中的進攻。

七局上半，元台高中雖然又出現第三支安打，但還是被南強高中的第二任中繼投手穩穩拿下三個出局數。

就在攻守交替之際，治茂突然先走向在練投區蹲捕的緯輝說著：「阿輝伯，那個幫我先準備一下，等一下會用到了——」

「老大，你要、你要、你終於決定要——」緯輝難掩興奮之情，拋下本來還在練投的投手，向休息區直奔而去。

七局下半，治茂只剩下最後一個用球數，不過如果面對第一名打者，投完第一球打擊還沒結束，雖然已到80球，還是可以繼續投完這名打者。

治茂站上投手丘，做好準備動作，本來想要投球，卻又退開投手丘而陷入沉思，接著突然改變想法，向主審要求暫停。

主審應允後，只見治茂緩緩走向本壘板，和主審交談幾句後，便往元台高中休息區走去。

「林治茂，你怎麼了？」吳教練上前關心問著。

「沒事，沒事，只是想換個手套——」治茂若無其事脫下手套交給緯輝，並拿了另一個手套夾在腋下，再次走向本壘板附近，一頭霧水的吳教練只是目送治茂匆匆離去。

治茂到了本壘板附近，沒有繼續走向投手丘，反而停在主審面前交談著。

主審先是露出極為驚訝的表情，接著伸手將其他裁判都招了過來。

吳教練看到這種狀況，覺得有些膽顫心驚，不知道治茂發生了什麼事。如果是原本的手套壞掉，換個手套會有什麼大問題嗎？

一分落後的南強高中，遇到治茂這種近似國手等級的投手，也打得有些一籌莫展。原本盤算好的策略，就是等待治茂球數用盡，再對下一任投手進行大反攻，現在卻不知道治茂想要什麼花招，休息區中的教練早已按捺不住，直接走向場中關切。見到對方教練的動作，吳教練也跟著上場。

「兩位教練，稍安勿躁——」主審一臉嚴肅說著。「這位選手提出的疑問真的得好好討論，確實是這次大會規定沒有那麼明確，就當初規則制定的精神來說，選手的這個請求也沒有錯，先讓我們開會討論一下。」

儘管主審如此說著，兩隊的教練還是沒有離去，而南強高中的教練更是暴跳如雷，不時插進幾句激烈的抗議話語。

眼見比賽暫停，治茂趕緊趁著這個機會溜到練投區，先請高一投手學弟暫停練投，改由自己與緯輝暖身傳球。

戴上緯輝先前準備的手套，治茂開始練傳，場邊的觀眾似乎都沒有發現這個手套有什麼不同，只是不時聽到加油團中有人喊著「治茂加油」、「治茂好帥」、「治茂英雄」等的打氣話語。

看臺上林媽媽與馨瑩為了怕影響冶茂情緒，儘管冶茂的練投區就近在眼前，卻也不敢上前打擾。

冶茂繼續與緯輝傳球，現在也只能等待裁判們的決議。一想到可能就要上場，使出這個苦練多年的祕密武器，讓冶茂既緊張又興奮。

場中的裁判會議已有初步結果，主審宣布比賽暫停，將與主辦單位聯絡，等待釋疑後再做最後裁定。

聽到這樣的宣判，至少冶茂的請求算是過了第一關，不知道還能爭取到多少時間，冶茂趕緊繼續與緯輝練習。

接到緯輝的回傳球後，冶茂隨意瞥向遠方看臺，發現坐在本壘後方第一排的李總，正盯著他露出意味深遠的微笑。再掃視回來，元台高中加油團的最後方，竟然出現墓仔伯的身影。

只見墓仔伯一手緊抓某支職棒隊伍的舊款棒球衣，另一手則捏著一張老舊照片，一旁更有兩罐已經打開的啤酒，神情看起來相當複雜。

冶茂對於墓仔伯會現身球場顯得相當驚訝，不過看到他安然無恙也很值得高興，但不敢再浪費寶貴的練球空檔，冶茂很快又將球投給緯輝。

過了大約十分鐘，元台高中的高一學弟，跑進場邊的練投區，通知主辦單位已經同意冶茂的請求，比賽將於三分鐘後繼續進行。

「好了，祕密武器要正式上場了——」治茂離開練投區前，拍著胸膛對緯輝說著。「我們一定要好好守住這場比賽！」

治茂再次現身場中，元台高中的加油團雖然根本搞不清楚剛才發生了什麼事，有的人還以為是先前的雨勢有些加大，因而暫時中斷比賽。看到治茂再次登板，全都發出了熱烈的加油歡呼，治茂微微脫帽致意，便再次踏上了投手丘。

七局下半，治茂面對第一名打者，第一球就讓打者揮了大空棒。不過捕手明原學長的手套雖然已經碰到了球，卻未能將球順利接住，讓球滾向了一旁。

看臺上的觀眾，發現治茂的投球姿勢有些轉變，原本的高壓投法，竟變成四分之三的側投，有些觀眾則發現另一個最大的不同之處，就是治茂後來更換的投手手套，開始對治茂議論紛紛。

治茂又再投了一顆好球，打者依舊揮了個空棒，不過這次明原學長總算勉強將球接進捕手手套。

投出第三球，是一顆偏打者內角的快速直球，削進了好球帶，打者直接站著不動被治茂三球三振出局。

眼看這名打者出局離場後，先和下一名打者短暫交談幾句，等到第二名打者接替站上打擊區，照理說治茂的投球數已經超過80球，依據主辦單位保護選手手臂所制定的用球數規定，治茂必須強制下場，但治茂依舊還是站在投手丘上準備著。

「我有算錯嗎？元台那個投手應該超過80球了吧，怎麼還沒下場！聽說他之前好像有入選過國手，再不下場我們搞不好真的會輸耶！」

南強高中看臺上有人高聲喊著。

「你看清楚，他後來上場已經換右手手套，現在是用左手投球啦！」

「靠！真的耶，想說只是改變投球姿勢，這會不會太誇張啦！」

「投球姿勢跟我們南強的李鴻濟很像耶——」

「不，他的投球姿勢更像很久以前一個黑掉的職棒明星『火球阿山』啊！」一名中年男子高聲回應著。

本壘區看臺的各國球探，早就發現冶茂再次登板後換上右手手套，在國外也不是沒有左、右開「投」的選手，重點是能不能兩手都投得夠有水準。但看到冶茂一下就用左投解決掉第一名打者，倒讓這些球探大開眼界。

冶茂甩甩剛剛投球的左手手臂，這個他從國中時期就已經和緯輝一起偷偷苦練多年的「祕密武器」，還好先前趁著空檔已經暖過手臂。面對第二名打者一下又取得兩好球，第三顆速球雖然還是不敢全力摧速，不過進壘點不錯，又再次讓打者直接三振出局。

接下來的打者，也未能突破冶茂的左投球路，甚至頻頻揮出空棒，也讓這個半局一下就宣告結束。

「林冶茂，這太、太扯了吧！」吳教練見到冶茂重回休息區便開口說著。「我以為你只是故意拖延下場時間，想不到真的能投！」

「哎呀，教練，好歹我左手投球也練了超過五年——」治茂不以為意地說著。

「這樣你要完投應該沒有問題吧！」吳教練又補了一句。

不過治茂並沒有回應，只是若有所思低下頭去，輕輕柔著自己的左臂。

後三個半局，兩隊都沒有攻勢，南強高中更因為對治茂左投球路完全不熟悉，尤其是治茂的左投又有顆快速指叉球，變化幅度又較其他投手的同種球路還大，讓軌跡看起來很像速球，進壘前卻又急速下墜。連捕手明原學長都還不能每球穩穩接住，更讓南強高中的打者頻揮空棒，六名上場的選手就有四名慘遭三振出局。

比賽來到了九局下半，元台高中依舊以二比一暫時領先，如果南強高中還是未能有所突破，元台高中將拿下四強賽的門票。

南強高中首先上場打擊的是第一棒打者，面對治茂的第一球，竟擺出了突襲短打，將球點向一壘方向。儘管一壘手隊長仁哲，很快衝向前去將球撿起，但當他轉身發現治茂還沒補位，確實有些驚訝。不過還好二壘手早先一步站上一壘，仁哲也就將球迅速傳了過去。

由於打者腳程很快，球與打者可說是同時抵達，好在一壘審最後還是做出了一個出局的手勢，元台高中的加油團見到判決後，一下就發出了震天的歡呼聲。

取得第一個出局數後，仁哲並沒有返回一壘壘包，反而走向投手丘拍了拍治茂。

雖然主辦單位同意將用球限制解釋為投手同一手的投球數，左、右開「投」的治茂也因為換左手投球，用球數重新計算。但畢竟身體只有一個，合計的用球數也已超過一百二十球，仁哲從剛剛冶茂的補位動作，已發現冶茂的體力明顯下滑。

「冶茂，沒事吧，真的不行，還是不要太勉強——」

冶茂只是微笑著：「沒事的，只差兩個人次了——」

雖然冶茂這樣說著，不過他也很清楚自己體力已有些透支，再加上左臂畢竟非自己天生慣用手，雖然經過多年苦練，用球數其實還是不可能像右手那般強健，自己也已感到相當接近極限。不過元台高中後面的投手還是高一學弟，甚至還沒參加過大型比賽，雖然目前也在練投區熱身，隨時可以上場，但如果情況可以，冶茂還是想親自將這場比賽守住。

「就差最後兩名打者了——」

冶茂勉勵自己，伸手甩掉額上不斷流下的汗珠，重新站上投手丘。

南強高中第二棒打者第一球就擊出了一個三壘方向強勁的滾地球，好在位置恰好落入三壘手手套，三壘手接到後穩穩傳向一壘，成功將第二名打者刺殺出局。

「就剩一名打者——」

冶茂脫下帽子，再次伸手將額上的汗水甩開，抬頭凝視天空，原本的綿綿細雨，又開始有逐漸變大的感覺。甩掉汗水的同時，臉上又沾上了雨水，冶茂趕緊將帽子重新戴上。

兩人出局，九局下半南強高中最後反攻機會，第三棒打者面對前兩顆球都沒有出棒，球數形成一好一壞。

冶茂再使出一顆拿手的快速指叉球，不過由於體力大幅下滑，加上左臂已有些不堪負荷，更因為經過幾局的摸索，南強高中畢竟還是老經驗的棒球名校，很快就掌握了治茂左投的主要球路。

眼見這名打者抓中快速指叉球的球路，將球擊成穿越二、游之間的平飛安打，成功站上了一壘。南強高中的加油團，原以為大勢已去，看到這支安打的出現，全都竭盡全力大聲喝采。

南強高中輪到第四棒的徐國宇，今天雖然二局下半就從治茂的手中敲出一支陽春砲，不過後面的幾次打擊，不是內野滾地就是外野高飛球，並沒有再出現過安打。

一壘有人，兩人出局，本壘板後方的明原學長比出了注意一壘跑者的暗號。治茂趕緊做了一個牽制，壘上跑者見狀後很快就撲回一壘。

此刻南強高中若是使出非常冒險的盜壘戰術，也不是完全不可能，不過明原學長已經注意到壘上跑者的意圖，倒也只能相信學長的抓盜能力了。

徐國宇眼神堅定看向投手丘上的治茂，這次面對的是左投的治茂。治茂振臂投出第一球，是個落在好球帶之外的變速球，徐國宇動也不動。

治茂接著再投出第二球，發現明原學長已做出抓盜壘的準備動作，恐怕壘上跑者已經啟動，而打擊區上的徐國宇也同時迅奮力揮擊。

不過徐國宇的揮棒並非只是單純掩護隊友，這是一個打帶跑戰術，徐國宇擊出一個飛過一、二壘上空的小飛球，在右外野前方落地形成一支安打。由於徐國宇屬於重砲型選手，元台高中右外野手守備位置較偏後方，多跑了一段距離才彎身接球，這時南強高中一壘上的跑者已繞過二壘直接往三壘方向衝刺。

右外野手見狀後沒有絲毫猶豫，直接一個墊步長傳三壘，球在一次落地後便直接進了三壘手手套，不過南強高中的跑者還是快了一步，安全撲向三壘壘包。

兩人出局，一、三壘有人，九局下半，南強高中僅僅一分暫時落後，輪到上場打擊的是第五棒的強棒鐵捕張景勝。

景勝今天雖然只從治茂手中擊出過一支二壘安打，不過其他的出局數，可說都是相當扎實的滾地球或外野飛球，只可惜運氣不佳，都直接找向野手手套才會出局。

治茂甩甩左手，想把累積在手臂上的汗水與雨水一同甩掉。

元台高中的吳教練這時已從休息區走出，其他內野手也全部圍到投手丘附近。治茂儘管身心疲憊，但雙眼依然還是炯炯有神，沒有想要下場的意思。

「不要換！不要換！」南強高中的加油團大聲喊著，不過治茂絲毫不為所動。

「林治茂，你還可以嗎？」吳教練來到投手丘後，輕拍治茂背部微微一笑。「後面的學弟已經在練投區待命，隨時可以上場，但我知道你並不想也絕不會就此下場。如果還能負荷，就好好投完這場比賽吧，是你帶領元台高中打進八強，也是你帶領我們打到現在這種最後的關鍵局面。順利結束這場比賽也好，被打爆也好，能不能進四強，其實也無所謂了。我在你身上已經看到前所未有的感動，這已經是一場相當精彩的經典比賽，就好好享受吧！」

吳教練說完再次輕拍治茂的後背，其他野手在吳教練離去後，也輪流輕拍治茂打氣。

在所有野手就定位後，治茂不知為何，腦海中突然浮現前天面對西群高中的十六強賽，那時奇興在投手丘上不願下場的情景。

不過當時奇興之後還有治茂，但現在治茂之後並沒有像樣的投手了。

難道高一的投手學弟有那麼不可靠嗎？或許他也能像前天治茂那樣守住九局下半。

治茂回想起，在國家代表隊的藍、白對抗決賽，也不是沒有遇過那種後繼無人的絕境。

「好吧，沒什麼好怕，自己負責吧！」

不願再多想什麼，治茂望向看臺上元台高中的加油團，大家是多麼期待元台高中能順利守住這局。如果真能贏得這場比賽，即便是不能來到現場的巧歆，不知道會有多開心。

「神啊，如果我盡全力守住這局，讓我們贏球，能不能讓巧歆醒過來呢？」

治茂抬頭望著天空飄下的細雨，默默立誓要為球隊守護住最後一刻。

打擊區上的景勝雙眼明亮，專注盯著投手丘上的治茂。治茂看看一、三壘上的跑者，再回頭看向本壘板，奮力投出第一球，是一顆偏內角的快速直球，景勝沒有出棒，不過主審已高舉好球。

治茂接連又投出兩顆引誘性的壞球，景勝依舊還是不動如山，使球數來到了一好兩壞。治茂接著又投出一顆偏高的快速指叉球，景勝還是站著不動，但球進壘時快速下墜掉進好球帶，讓球數來到了兩好兩壞。

見識過也對決過景勝的纏鬥能力，治茂很清楚，對於景勝來說，兩好球之後才是他進攻的開始，所以治茂目前也未必佔有優勢。

果不其然，接下來的三球都被景勝刻意破壞成界外球，第四球的偏低壞球又沒能引誘打者出棒，使球數形成兩好三壞滿球數。

治茂又接連投了三顆邊邊角角的不同球路，景勝雖然沒有抓中各種球路全力揮擊，卻都迅速調整揮棒角度，將球碰成界外球。

面對同一個打者，連投十多球都還沒結束，一般投手可能會就此失去耐心，不過治茂很清楚這就是景勝學長厲害之處。

治茂微微調整帽子，又甩甩左臂，可以明顯感受到左臂已經開始發燙，似乎真的已到了極限。治茂退開投手丘想了一會兒，突然向主審請求暫停，先到本壘板與明原學長勾肩搭臂說著悄悄話，接著又轉身跟主審說了幾句話，便往元台高中休息區跑去。

等到治茂再次返回投手丘，將夾在腋下的投手手套重新戴上，眾人這才發現治茂換上了左手手套。

先前治茂右手已投了79球，要繼續再用右手投球，意味著面對景勝學長將投出第80球，也就是景勝將成為治茂今天所要面對的最後一名打者。

如果成功拿到出局數，比賽就宣告結束，但若沒有解決打者，無論是保送或是安打，治茂因為右手用球數已超過80球，依據主辦單位的規定，也將被迫下場。所以當治茂決定再次換上右手投球時，也意味已無任何退路，必須和景勝學長一決勝負。

看到治茂又換回右手投球，景勝只是輕瞇雙眼，不知道治茂到底有何打算。

站上打擊區後，景勝直盯著投手丘上的治茂，不過治茂的準備姿勢，突然又變成右投，讓景勝覺得有些不大適應，趕緊先退出打擊區，並同時向主審請求暫停。

發現景勝學長有些慌了手腳，治茂沒有任何心情起伏，只是微微抬頭掃向看臺，南強高中的加油團刻意不斷製造聲響，想對治茂鼓譟干擾，而元台高中這邊則有許多人雙手合十默默祈禱，治茂也清楚看到媽媽和馨瑩的默禱，就連最後方的墓仔伯也還沒離場。

「用自己的優異表現讓別人閉嘴！」

不知為何，治茂耳邊彷彿響起巧歆曾經對他說過的這番話。不難想像如果巧歆在場，一定也會同樣替治茂加油打氣，更會不顧氣質美女形象又吼又叫。

——一想到此，治茂不禁紅了眼眶。

景勝調整好擊球動作後，又再次站上打擊區，過往那股懾人的氣勢又重新降臨，不過治茂也不怕與景勝直接對決。

「神啊，就這麼說定了，如果我燃燒生命、使盡全力，解決景勝學長，讓元台高中打進四強，請一定要讓巧歆醒來，讓她來看我們元台高中的四強賽啊！」

治茂壓低帽緣，任由淚水與汗水不斷流下，恢復最為熟悉的右投，治茂動作俐落抬腳揮臂，奮力投出一顆相當快速的飛球，直接往本壘方向鑽去，而景勝似乎早已鎖定球路，向這顆球猛力揮擊。

見到景勝學長出棒，冶茂絲毫不為所動，因為他早在投球的那一刻，就已經告訴自己：燃燒生命、使盡全力，輸了、贏了，又有什麼差別？

◎Game Set？

——三年後，東京巨蛋棒球場。

「林治茂，趕快決定，不要浪費時間了，就跟我同一隊，限你今天做出決定！」穿戴全套捕手護具的景勝，一臉嚴肅說著。

東京巨蛋棒球場的看臺上，已聚集為數眾多的觀眾，絕大部分都是地主國日本隊的球迷，而中華隊這一側也有一大群來自台灣的加油團。

場內有身穿鮮豔服裝的啦啦隊賣力表演舞蹈節目，而場邊許多觀眾也隨著熱情的舞曲節奏左右擺盪。

坐在休息區的治茂，拿著毛巾輪流擦拭左右手臂，並對景勝擺出招牌傻笑沒有回應。

「哈，景勝學長，治茂有那麼多國外球團都想找他，又不一定會加入國內職棒！」建仲滿臉笑容湊了過來。

三個人全都穿著紅藍白配色的中華隊隊服。

「哼——」景勝冷冷看了建仲一眼，便轉身離去。

見到景勝離開後，建仲又再開口說著：「林治茂同學果然是渾身充滿祕密的男人，我看也只有你這個景勝學長的小弟，才敢這樣斷然拒絕。景勝學長一定是被球團施壓，今年他們隊墊底，可以優先選秀，才想勸你棄讀體院直接加入職棒，不然他可不是那種會『盧』人的個性！」

「哎呀，也不是這麼說——」治茂露出苦笑。「當然跟景勝學長一起加入同一支職棒隊伍也是不錯的選擇，畢竟跟他在國際賽中也搭檔過那麼多次——」

強打鐵捕張景勝高中畢業後，由於名氣響亮，直接透過選秀會加入職棒，而且還是當年的選秀狀元。這幾年也已經成為該隊的第一號捕手，帥氣的外表更讓他一下就成為看板球星，現在也是中華成棒隊的當家捕手。

不過治茂和建仲並沒有直接加入職棒，兩人後來都就讀同一所體院，反而成為同隊隊友，也因為兩人都是國際成棒賽主要選手，這幾年還是時常跟景勝學長一同出賽。攻守俱佳的建仲，多年來也有不少國外球探前來接觸。

「哈——」建仲突然笑了起來。「想當年那場高中聯賽八強賽，南強高中可是陰溝裡翻船，竟然創下在八強賽就出局的難堪紀錄。我之後還特別去找比賽重播來看，左、右開『投』真的太扯了，我果然沒有錯看你啊，林治茂同學！」

「嗯，應該算是僥倖，最後一球超怕被景勝學長一棒ＫＯ——」

「哪是僥倖？難道景勝學長都沒跟你提過？」建仲雙眼微睜說著。「他跟我碎唸過好幾次，當時他看你又換回右投，經過深思後，覺得你應該是想用你最拿手的滑球對決，誰知道你右手也會快速指叉球。快速球、滑球和快速指叉球進壘前本來就很像，他說他鎖定滑球全力揮擊，已瞄準向外拐的軌跡，想不到竟然是下墜的快速指叉球，最後竟然揮了大空棒被你再見三振。這幾年只要一想到徹底被騙，景勝學長都還是覺得懊惱不已。」

「哎呀——」治茂再次露出苦笑。「我當初只是想說既然左手會投快速指叉球，沒道理右手不會投。雖然在那之前都沒試過，但真的就是個賭注，其實下墜幅度並沒有很大，只是比較幸運賭贏景勝學長。」

「不過你們後來四強賽遇到我們盛文高中竟被提前結束，反而我們因此和穀沼高中打進冠亞軍賽，這都要歸功於你們先把冠亞軍隊南強高中做掉，不然冠亞軍賽一定沒我們的份。」

確實，經過八強賽與南強高中激戰後，元台高中四強賽雖然再次派上奇興先發，但奇興當天狀況不佳，投不到四局就因為身體不適提前下場。由於治茂休息天數不足，還不能上場，後續接替的高一學弟投手群，果不其然馬上崩盤。最後投到隊長仁哲又再次從一壘手身分，重拾元台高中「王牌」敗處投手舊業登板，終於讓比賽能夠「順利」提前結束，成為元台高中該場比賽最有貢獻的球員。

不過當年高中棒球聯賽，最後穀沼高中與盛文高中的冠亞軍賽，恐怕都沒有一戰成名的治茂吸引更多媒體矚目。治茂、景勝、鴻濟、徐國宇及穀沼高中王牌投手陳育航，因為在聯賽中表現優異，在賽事結束後又再次被李總選入青棒國家代表隊。重回國手身分後，治茂已用自己的優異表現證明身價，再也沒有人敢多說什麼。

隔年的青棒國際賽事，在李總的帶領下，中華青棒代表隊睽違多年，終於又奪下青棒賽事的金牌，治茂更在面對古巴的比賽中投出完封完投勝而聲名大噪。

「對了，建仲兄，還是沒有李總的消息嗎？」治茂好奇地問著。

建仲搖搖頭：「那年我們拿下國際青棒賽冠軍後，黑嘴教練就突然宣布引退，到現在也不知道身在何處。老實說我還蠻懷念這個古怪的黑嘴教練，當初我們同一梯的青棒國手，現在一堆都已經是職棒明星球員，我想我們這些給黑嘴教練帶過的子弟兵，不管是思想、球品或是球技，多少都有被他影響的地方——」

治茂點點頭，李總確實有他與一般教練相當不同之處，不過自從他引退後，再也沒有人知道他的下落。不僅是李總消聲匿跡，就連墓仔伯也是，最後一次見到墓仔伯，就是在當年八強賽的看臺上。治茂後來也多次前往「祕密基地」想找墓仔伯正式道謝，等到滿十八歲成年後，更想兌現與墓仔伯暢飲啤酒的約定，但每次都只能看到門窗緊閉的鐵皮屋，後來鐵皮屋更因年久失修而被拆除。

最後治茂還忍不住去詢問相關單位，才知道那塊公墓根本就沒有所謂的墓場管理員，而治茂父親的墓碑在墓仔伯消失後，已不復過往那般亮麗，不禁讓治茂相當懷疑之前都是墓仔伯所整理的。

「啊，等一下，有人找我——」建仲突然被人叫走，一下消失在治茂面前。

治茂失去談話對象，只是靜靜看向場中的啦啦隊表演。

距離正式開賽還有二十分鐘，場中的表演已令治茂看得有些無趣，便從隨身側包中拿出一張折疊整齊的紙。冶茂小心翼翼攤開這張紙，這張紙已陪伴冶茂走過大大小小的國內外賽事。

冶茂在閱讀這張紙前，想起今天下午緯輝還特別撥打國際電話，說會和馨瑩一起在台灣的戶外廣場觀看大螢幕的比賽轉播，一起為中華隊加油打氣，也會請徐媽媽打開電視轉播，讓仍沉睡在床上的巧歆學姐聽完整場比賽。

徐媽媽說每次巧歆學姐只要聽到電視上有播報到「林冶茂」時，身體都會有些反應，之前青棒國際賽對上古巴的那場比賽，在病床上沉睡的巧歆，更在冶茂完封完投後流下眼淚，徐媽媽不覺得這只是巧合，所以也很樂意在今晚繼續讓巧歆收聽比賽轉播。

話說緯輝後來成為元台高中棒球隊，接任冶茂的下一屆隊長，也在擔任隊長時順利追到馨瑩。不過緯輝上大學以後，反而沒有繼續打棒球，四處與馨瑩遊山玩水，但只要一有冶茂的賽事轉播，絕對不會輕易放過。

「神啊，如果我今天使盡全力戰勝日本隊後，一定要讓巧歆醒來，讓她能親眼看到我們中華隊之後在美國的決賽，而且是讓她到美國球場看我們的現場決賽，不是電視轉播！神啊，我一定會全力以赴求勝，這次一定、一定要讓巧歆醒來！」

冶茂照例向上天祈求，雖然已多次戰勝不可能的強敵，然而冶茂的祈禱還是沒有得到好的結果。但他仍舊不會輕易放棄，因為在勝負未定前，始終還是要懷抱著無限希望。

完成祈禱後，冶茂開始閱讀紙上的文字，標題以工整的字跡寫著「我有一個夢，一個台灣的棒球夢」，後頭也以同樣的工整字跡細細寫著：

台灣愛情小說作家，同時也是忠實的棒球迷藤井樹曾經說過：「棒球對許多台灣人來說，已經不只是棒球了。」

誠如此言，棒球對我來說，也已經是生命中重要的一部分。

曾經，天生殘疾的我，因為生活上的不便，無法像其他人一樣正常行走，更不用說是正常奔跑。看到同學們都能在操場上縱情追逐、恣意嬉戲，我曾埋怨，也曾為此痛哭流涕。

直到後來，偶然在電視上看到中華棒球隊的國際賽事轉播，看到我國國手為了零秒之差的勝負，不畏塵土飛揚與負傷風險，拚命奔跑撲向一壘，為的就是保有中華隊的反攻機會，為的就是想要實現國人所託付的沉重夢想。

我為此深受感動，更為此流下淚水，那一幕帶給我的衝擊、帶給我的正面力量，至今都還能在我腦海中清晰播送，從那之後我也深深愛上了棒球。

看到球場上努力奮戰的每一位國手，更看到觀眾席上揮舞大旗、敲打加油棒吶喊的每一位球迷，棒球帶給國人的感動，已遠遠超過場中的精彩拼鬥，更是在大人們紛紛擾擾的政治鬥爭中，唯一能凝聚全國力量的魔球。

我深深相信棒球，只要比賽尚未結束，那顆小白球都還是會帶來無限希望。無奈，這顆小白球卻多次被不肖球員們所背叛，就連我所景仰的國手都涉入簽賭假球事件，並且一再重蹈覆轍。不僅僅是我的心一次又一次被硬生生挖空，那顆純潔的小白球更已被無情地開腸剖肚。

撕毀叛將的海報，詛咒簽賭的不是，並沒有辦法改變任何現狀。台灣的棒球環境就像個拖著殘疾身軀的病人，已經伸手發出極為痛苦的呻吟。

好在還有一批潔身自愛的球員繼續努力，也還有一群始終懷抱希望的死忠球迷沒有放棄，一起努力拉著台灣棒球一步一步緩慢前進。

我有一個高中好友，是棒球隊的球員，看他一點一滴從一名普普通通的選手，慢慢成為獨當一面的王牌投手，甚至還入選過青棒國家代表隊集訓，在他身上看到的就是不屈不撓的棒球奮戰精神。即使一開始因為表現不佳時常受到隊上前輩責難，但他總是笑笑地逆來順受，並不斷努力突破困境，繼續向前邁進，更演出以小搏大的經典賽事。我想，這就是棒球永不放棄就有希望的經典魅力。

而這名好友更難能可貴的是，雖然身為眾人唾棄的涉賭球員之子，並沒有被這樣的出身所擊敗。不但守身自持，更保有棒球最純潔的拼戰精神，以自身的優異表現，來擊潰其他人的冷嘲熱諷，因而贏得大家的敬重。

「犛牛之子騂且角，雖欲勿用，山川其舍諸？」英雄不怕出身低，台灣的棒球環境不如國外，又時有污名纏身，就像先天上難以擺脫，卻時常復發的慢性疾病，但就像我的好友一般，我想後繼的年輕球員還是會持續努力突破這種困境。

雖然我只是個自私的球迷，將我辦不到的奔跑、做不到的跳躍夢想，全都自以為是寄託在這些選手身上，讓他們身上總是揹負著國人強加上去的沉重夢想，必然壓得他們早已喘不過氣，但我還是想跟他們說聲謝謝，謝謝他們給我這種寶貴的作夢機會。

我始終相信，我們選手的資質不比別人差，只要能努力克服先天逆境，終有一天，我們台灣棒球環境也能有改善之時，屆時一定能與世界頂尖列強一決勝負。因為，我在年輕一代的球員身上，已經看到這樣的光輝隱隱閃耀。

這就是我自私的夢，一個台灣的棒球夢。我堅信總有一天，一定能親眼看到台灣棒球站上世界舞台的最高峰！

「嘿，這字那麼漂亮，你馬子的情書喔——」鴻濟突然在治茂背後用力拍了一下。「怎麼一副要哭要哭的模樣，都快要開始比賽還在想女人，小心我隨時接替你上場喔！」

「哈，鴻濟學長別妄想，我會投完這場比賽，別想上場！」治茂面帶笑容說著，鴻濟聽到後也只是微笑以應。

鴻濟高中畢業後也透過選秀會，成為當年第二指名的選手，也因為如此，無法與長年的捕手搭檔景勝，加入同一支職棒隊伍。

這時鴻濟身後又出現景勝學長的高大身影：「林治茂，快開賽了，要去場邊排排站了，還不趕快準備！」

冶茂這才發現場內的表演已經結束，趕緊將紙張摺好收回隨身側包，接著拿起身旁的投手手套準備起身。

「林冶茂同學，上去排排站不用帶手套啦！」建仲看到後，趕緊提醒冶茂。

「啊，對耶——」冶茂又將手套放了回去。

這隻手套相當特殊，一共有六根手指頭，最外側的兩個指頭都是大拇指的設計，是方便左、右開「投」的冶茂，隨時能夠在場上直接更換左手或右手使用，在國外左、右開「投」的投手也都是使用這種六根手指頭的特殊投手手套。

景勝輕皺雙眉問著：「林冶茂，你該不會因為要先發對日本隊而緊張吧！」

「哪有，學長，沒什麼好怕的——」冶茂微微一笑，還伸手學起景勝學長輕拍自己的胸膛。「還不就像當年元台對上南強，誰說我們一定會輸——」

「哼，算你厲害！」景勝微微搖頭並露出苦笑。「那你等一下有決定要先用哪一手投球？」

「嗯，看心情啦——」冶茂看到景勝表情有些轉變，趕緊繼續說著。「沒有啦、沒有啦，開玩笑的，當然是看學長的配球——」

冶茂才剛說完，就看見日本隊已有球員走向場中，中華隊這邊也跟著上場。見到景勝、鴻濟及建仲依序走出休息區，冶茂也趕緊跟在後頭。

看臺上的各國媒體見到這次中華隊最受矚目的焦點出現後，紛紛拿起相機猛拍，此起彼落的閃光燈不曾間斷，一時之間讓冶茂有些難以睜開雙眼。

排排站好後，治茂凝視遠方的計分板，接著掃向四周，東京巨蛋棒球場的硬體設備，確實相當高級，已有多少台灣棒球國手曾在此賣命奮戰？

一場比賽結束後，終究還會有另一場賽事；一名經典國手引退後，還會再有創造傳奇的後繼者。

治茂知道這次中華隊的目標非常明確，就是大家團結一致，努力讓全隊前往美國進行決賽。這次不行，還有下次；這一代不行，還有下一代。國手們代代相傳，一棒接一棒的目標，就是如此簡單。

輸了就是繼續努力，技不如人就是繼續追趕。這次贏了也不代表下次還保有優勢，實力較強的隊伍也不保證永遠戰勝落後的隊伍，自己想進步，別人也同時向前邁進，這種國際賽事就是永無止境的競爭。

一想到此，治茂只是微微一笑。待會兒就要面對亞洲第一棒球強國日本隊，治茂絲毫沒有畏懼，只想全力以赴，但不禁懷疑今天這場比賽真有所謂的Game Set？

（全文完）

要青春72　PG2506

要有光 FIAT LUX

台灣好「棒」！

作　　者　秀　霖
責任編輯　喬齊安
圖文排版　蔡忠翰
封面設計　劉肇昇

出版策劃　要有光
發 行 人　宋政坤
法律顧問　毛國樑　律師
印製發行　秀威資訊科技股份有限公司
114台北市內湖區瑞光路76巷65號1樓
電話：+886-2-2796-3638　傳真：+886-2-2796-1377
http://www.showwe.com.tw
劃撥帳號　19563868　戶名：秀威資訊科技股份有限公司
讀者服務信箱：service@showwe.com.tw
展售門市　國家書店（松江門市）
104台北市中山區松江路209號1樓
電話：+886-2-2518-0207　傳真：+886-2-2518-0778
網路訂購　秀威網路書店：https://store.showwe.tw
國家網路書店：https://www.govbooks.com.tw
總 經 銷　聯合發行股份有限公司
231新北市新店區寶橋路235巷6弄6號4F
電話：+886-2-2917-8022　傳真：+886-2-2915-6275

出版日期　2020年11月　BOD一版
定　　價　300元

Printed in Taiwan

國家圖書館出版品預行編目

台灣好「棒」! / 秀霖著. -- 一版. -- 臺北市 : 要有光, 2020.11
面 ;　公分. -- (要青春 ; 72)
BOD版
ISBN 978-986-6992-55-1(平裝)

863.57　　　　109016137

讀者回函卡

感謝您購買本書，為提升服務品質，請填妥以下資料，將讀者回函卡直接寄回或傳真本公司，收到您的寶貴意見後，我們會收藏記錄及檢討，謝謝！

如您需要了解本公司最新出版書目、購書優惠或企劃活動，歡迎您上網查詢或下載相關資料：http:// www.showwe.com.tw

您購買的書名：________________________________

出生日期：________年________月________日

學歷：□高中（含）以下　□大專　□研究所（含）以上

職業：□製造業　□金融業　□資訊業　□軍警　□傳播業　□自由業

□服務業　□公務員　□教職　□學生　□家管　□其它____

購書地點：□網路書店　□實體書店　□書展　□郵購　□贈閱　□其他

您從何得知本書的消息？

□網路書店　□實體書店　□網路搜尋　□電子報　□書訊　□雜誌

□傳播媒體　□親友推薦　□網站推薦　□部落格　□其他________

您對本書的評價：（請填代號　1.非常滿意　2.滿意　3.尚可　4.再改進）

封面設計____　版面編排____　內容____　文／譯筆____　價格____

讀完書後您覺得：

□很有收穫　□有收穫　□收穫不多　□沒收穫

對我們的建議：________________________________

____

____

____

請貼
郵票

11466
台北市內湖區瑞光路 76 巷 65 號 1 樓

秀威資訊科技股份有限公司 收

BOD 數位出版事業部

(請沿線對折寄回，謝謝！)

姓　　名：＿＿＿＿＿＿＿＿　年齡：＿＿＿＿　性別：□女　□男

郵遞區號：□□□□□

地　　址：＿＿＿＿＿＿＿＿＿＿＿＿＿＿＿＿

聯絡電話：(日) ＿＿＿＿＿＿＿＿ (夜) ＿＿＿＿＿＿＿＿

E-mail：＿＿＿＿＿＿＿＿＿＿＿＿＿＿＿＿